Pia Recht

Der Herzschlag Connemaras

Deccys Vermächtnis

Die Deutsche Nationalbibliothek verzeichnet diese Publikation in der Deutschen Nationalbibliographie. Detaillierte bibliographische Daten sind im Internet über http://www.dnb.de abrufbar.

Pia Recht
»Der Herzschlag Connemaras: Deccys Vermächtnis«
Teil 2 der Connemara-Trilogie

Bisher erschienen:
»Der Herzschlag Connemaras: Kastanienrot«
Teil 1 der Connemara-Trilogie
ISBN 978-3-9816987-1-8

Deutsche Erstveröffentlichung
1. Auflage 2016

Lektorat & Satz: KopfKino-Verlag
Covergestaltung: coverandbooks / Rica Aitzetmüller
Umschlagmotiv: © littleny / shutterstock.com

KopfKino-Verlag
Thomas Dellenbusch
Gluckstr. 10
D-40724 Hilden

ISBN: 978-3-9817967-0-4

www.MeinKopfKino.de

PIA RECHT

Der Herzschlag Connemaras

Deccys Vermächtnis

ROMANTIC SUSPENSE

Über KopfKino:

KopfKino, das sind berührende, nachdenkliche oder auch spannende Kurzromane in **Spielfilmlänge**. Ihre ungefähre Lesezeit liegt zwischen 60 und 180 Minuten.

Sie eignen sich daher wunderbar für all die vielen kleinen zeitlichen Zwischenräume, die das Leben hat: für die Reisezeit in Bahn, Bus, Auto oder Flugzeug, für die Stunden in Wartezimmern oder beim Friseur, für den Nachmittag im Freibad oder am Strand, vor dem Schlafengehen oder einfach so für zwischendurch, um circa zwei Stunden unterhaltsam zu füllen.
Da ihre Lesezeit ungefähr der Länge eines Spielfilms entspricht, eignen sie sich auch hervorragend dazu, sie sich gegenseitig vorzulesen und den Fernseher einmal ausgeschaltet zu lassen. Lassen Sie sich von Fernseher und Leinwand nicht das ganze Vergnügen abnehmen.
Genießen Sie Ihren eigenen Film auf der größten Kinoleinwand der Welt: Ihrer Fantasie!

Jede Geschichte ist als eBook und als Hörbuch erhältlich, viele auch als Taschenbuch.

Informieren Sie sich regelmäßig auf
MeinKopfKino.de
über Neuerscheinungen, die Autoren, Termine für Lesungen, Hintergründe, oder laden Sie sich einzelne Geschichten als eBook oder Hörbuch herunter.

1

John Palfrey stand auf der obersten Stufe jener Treppe, die zu einer der Besucherplattformen an den Cliffs of Moher führten. Er sah auf das blaugrüne Meer hinaus, auf die tosenden Wellen und auf die weiße Gischt. Dann holte er tief Luft und schrie gegen den Wind: »Verfluchtes Irland!«

Er drehte sich um und grinste in sein eigenes Smartphone, mit dem Siobhan ihn filmte.

»Meintest du so was?«

Sie hatten bei der Ankunft an den berühmten Klippen noch gescherzt, dass John es nicht wagen würde, etwas Albernes zu tun. Etwas, bei dem ihn Siobhan filmen konnte, um es als Gruß an seine Londoner Freunde zu schicken.

Siobhan Keating kicherte und prüfte die Aufnahme. Dann fiel sie ihm um den Hals und küsste ihn. Mit einer Stimme, so hell und quietschend wie aus einem Zeichentrickfilm, sagte sie:

»Du bist ja so tapfer!«

Das brachte sie beide zum Lachen.

»Ich muss wohl tapfer sein, wenn ich es mit dir aushalte«, erwiderte er mit einer ähnlichen Stimme und einem übertriebenen Londoner Akzent. Ihr Gelächter musste bis hinüber zu den Aran Islands schallen, und es interessierte sie nicht im Geringsten, schräge Blicke von den anderen Besuchern zu ernten.

Siobhan war 34 und John zehn Jahre älter. Aber sie fühlten sich so frei und ausgelassen wie spielende Kinder. Einfach glücklich, zusammen zu sein und einander zu haben.

Umso gedrückter war die Stimmung immer dann, wenn John zurück nach London musste. Noch hielt er an seinem Appartement fest und versuchte, einen neuen Job zu finden.

Aber sooft er es einrichten konnte, kam er nach Letterfrack und half Siobhan auf dem Reiterhof. An diesem Wochenende hatten sie keine Gäste. Daher machten sie einen Ausflug in die Burrens und zu den Cliffs of Moher. Es kam so selten vor, Zeit nur für sich zu haben. Siobhans Freundin Donna sah für zwei Tage nach den Tieren, und am Montag würde John die neuen Reitgäste vom Flughafen in Knock abholen.

Der Wind pfiff ihnen um die Ohren, aber der Himmel war strahlend blau, und es war ungewöhnlich heiß für irische Verhältnisse.

Nie hätte Siobhan erwartet, den Mann ihres Lebens ausgerechnet in einem Engländer zu finden, einem Anzugträger aus London, ruhig und souverän, manchmal ein wenig trocken und stets mit einem kleinen Hauch dieser typisch britischen Distinguiertheit. Auf den ersten Blick schien er überhaupt nicht zu ihr zu passen. Aber zum einen war John vollkommen verlässlich, zum anderen war er auch gewillt, sich auf sie und ihr Leben einzulassen und damit seinem eigenen eine andere Richtung, einen neuen Schwerpunkt zu geben. Niemand sah in ihm noch den Projektmanager, den man wider Willen ins irische Hinterland geschickt hatte; er war der fürsorgliche Mensch, der sich gewissenhaft um Hof und Tiere kümmerte und jene Arbeiten übernahm, die Siobhan ihm übertrug. Weil sie jetzt in der Hochsaison kaum Zeit für sich und ihre frische Beziehung hatten, genossen sie jede Stunde, die sie allein miteinander verbringen konnten.

John nahm sie in den Arm und küsste sie auf die Stirn. Dann folgten sie dem Touristenstrom bis zum O'Brien's Tower, bei dem sie ein paar Selfies machten.

Arm in Arm und Wange an Wange.

»Ich könnte noch ewig hier bleiben«, seufzte John.

»Keine Chance, Großer«, sagte sie. »Morgen kommen die neuen Gäste.«

Siobhan organisierte seit Jahren Wanderritte durch die Berge von Connemara, und das Sommergeschäft war gut angelaufen. John übernahm auch die Fahrten zum Flughafen Knock, um die neuen Gäste dort abzuholen oder sie am Ende ihres Urlaubs wieder dorthin zu bringen. Das brachte ihm stets in Erinnerung, wie er selbst das erste Mal in Knock gelandet war und damals von Siobhan abgeholt wurde. Wie er sich fast augenblicklich in sie verliebt hatte, in diese schöne Irin mit dem strahlenden Lächeln und den wilden, kastanienroten Haaren.

Auf der Rückfahrt durch die karge und felsige Landschaft der Burrens starrte Siobhan aus dem Seitenfenster und schwieg. John steuerte den alten Volkswagen vorsichtig, jederzeit musste er auf der engen Straße mit Radfahrern oder Schafen rechnen. Mit einem Seitenblick auf Siobhan streckte er die Hand aus und strich ihr sanft über die Wange.

»Es ist so ungerecht«, seufzte sie. »Immer, wenn ich in dieser Gegend bin, muss ich an die armen Seelen denken, die dort oben Stein auf Stein legen mussten. Diese Steinreihen stehen auch nach so langer Zeit noch. Das waren Zwangsarbeiten. Ohne jeden Sinn.«

Sie brach ab und drehte sich zu John. Sie wollte ihre ausgesprochenen Gedanken nicht als Vorwurf an ihn verstanden wissen. Denn es waren ja nun einmal die Engländer, die ihr Land so lange unterdrückt und ihre Vorfahren auf diese Weise gedemütigt und geknechtet hatten.

»Das ist zwar ewig her, aber es macht mich noch immer traurig und wütend, wenn ich hier bin.«

An der nächsten Einbuchtung fuhr John links ran. Wenn Siobhan in einer solchen Stimmung war, würde er das nicht ignorieren.

»Lass uns ein Stück hochsteigen«, schlug er vor. »Ich möchte es mir gerne ansehen.«

Auf dem kahlen Felsen mit nur dürftigem Grasbewuchs und jeder Menge Geröll gab es kaum Schafe, geschweige denn Nutzflächen. Demzufolge gab es auch keine Zäune, die sie hätten überwinden müssen. Von oben bot sich ihnen eine wunderbare Aussicht auf die Umgebung, auf das Meer im Westen und auf die grünen und bewaldeten Landstriche in den tiefer liegenden Ebenen.

Siobhan setzte sich auf eine große aus dem Boden gebrochene Steinplatte und sah sich um. Während sie unter der Woche nur Jeans oder Reithosen trug, hatte sie an diesem Wochenende die Gelegenheit genutzt, sich etwas eleganter zu kleiden. Obwohl das Wetter in Irland, insbesondere hier an der Atlantikküste, nie beständig war, hatte sie ein luftiges Sommerkleid mitgenommen, das sie nun an diesem heißen Tag trug. Im rauen Wind schlug ihr Rock allerdings hoch, sie musste lachen, und ihre gedrückte Stimmung schwand.

»Ich war mit Donna einige Male hier, aber das ist auch schon lange her. Wir sind damals oft nach Doolin gefahren, um ein paar Musiker zu treffen.«

Sie lachte wieder und verdrehte die Augen.

»Unsere wilde Groupie-Zeit.«

Für John klang es seltsam, dass traditionelle irische Musiker so etwas wie Groupies haben konnten. Für ihn sahen die meisten aus wie die alten Herren von den

Dubliners oder wie eine übergewichtige Version von Gandalf. Nur ohne Hut. Er saß auf einer jener Steinreihen, von denen Siobhan im Auto gesprochen hatte. Sie sah ihn an und legte ein verschmitztes Lächeln auf.

»Sieht so aus, als hätten deine Leute damals doch einen Grund gehabt, uns diese Steine aufeinander türmen zu lassen. So können sie sich heute als Touristen darauf ausruhen.«

John ging darüber hinweg. Obwohl ihre Worte wie eine Neckerei klangen, wusste er aus früheren Diskussionen, dass Siobhan bei diesem Thema eigentlich keinen Spaß verstand.

Zurück auf der Farm übernahm John die Versorgung der Pferde. Sie kamen abends für einige Stunden in den Stall, um gefüttert zu werden. Danach brachte er sie wieder auf die Weide. John würde sich auch in Zukunft nicht dazu überreden lassen, das Reiten zu lernen, aber er hatte nichts dagegen, sich vom Boden aus um die Vierbeiner zu kümmern. Sie respektierten ihn, und er ging freundschaftlich mit ihnen um. Das musste genügen.

Für mit Pferden unerfahrene Touristen hatte Siobhan hauptsächlich Irish Cobs und Tinker. Die waren gutmütig und gelassen. Ideal für Anfänger.

Siobhan bereitete die Zimmer für die Gäste vor, die am nächsten Morgen kommen würden. Jetzt in der Hochsaison half ihr eine Putzfrau dabei.

»Aga!«, rief sie, »legst du noch Handtücher auf die Zwei und die Drei?«

Siobhan vermietete fünf Doppelzimmer. Für diese gab es jedoch nur ein großes Badezimmer am Ende des Flures, das sich die Gäste teilen mussten. Agnieszka war vor einem halben Jahr aus Polen gekommen und machte ihre Sache so gut, dass Siobhan nicht mehr auf ihre Mitarbeit verzichten wollte. Nach Saisonende würde Aga in einem Hotel anfangen und so hoffentlich verfügbar bleiben.

Das Telefon klingelte und Siobhan nahm ab.

»Rory«, rief sie, während sie durch das Küchenfenster John über den Hof gehen sah. »Alles in Ordnung bei dir?«

Es kam selten vor, dass Rory anrief. Gewöhnlich kam er einfach vorbei und lud sich selbst auf einen Kaffee oder Tee ein. Meist bat er Siobhan dann, ihn auf den Friedhof zu begleiten. Er ging nicht gern alleine an das Grab seiner Frau und seines Sohnes Deccy. Rorys Stimme klang belegt, aber seine Sätze waren seltsam emotionslos.

»In meine Wohnung wurde eingebrochen, während ich arbeiten war. Komm mal eben rüber und bring den Engländer mit.«

»Wer sollte denn bei ihm einbrechen?«, fragte John.

Dasselbe hatte Siobhan auch Rory gefragt, aber dieser antwortete nur, sie mögen sich das selbst ansehen, wenn sie Zeit fänden.

An der Tür waren keine Einbruchsspuren zu erkennen. Auch Flur und Küche sahen ganz normal aus. Rory deutete mit dem Kinn zum Gästezimmer.

»Ich hab es schon gemeldet«, sagte er. »Die Kollegen kommen gleich. Also nichts anfassen.«

Die Tür zum Gästezimmer stand halb offen, und John und Siobhan warfen einen Blick hinein. Das Zimmer sah chaotisch aus. Die Matratze war vom Bett gezogen und aufgeschlitzt worden. Die Inhalte von Kleiderschrank und Schreibtisch lagen auf dem Boden verstreut. Siobhan schluckte und drehte sich zu Rory herum.

»Was ist denn hier passiert?«, flüsterte sie.

Sie wusste, weshalb Rory sie gerufen hatte. Es waren Deccys Sachen, die Rory hier lagerte, weil er sich nicht davon trennen konnte. Bücher, Unterlagen, Kleidung, Schuhe, Schallplatten, Videokassetten, Fotoalben und vieles mehr. Ein Museum väterlicher Trauer. Jetzt schauten sie auf ein großes, zerwühltes Durcheinander. Bücher, in die falsche Richtung geknickt, lagen herum wie tote Vögel.

»Hier hat jemand etwas gesucht«, meinte Rory nüchtern. »Das war kein normaler Einbruch.«

»Wie sehen die anderen Räume aus?«, fragte John.

»Darin haben sie nicht so sehr gewütet. Und soweit ich das bisher beurteilen kann, auch nichts mitgenommen. Es ging nicht um Geld oder Wertsachen. Sie suchten etwas Bestimmtes.«

Rorys Kollegen aus Clifden erschienen und begannen mit der Spurensicherung. Derweil gingen Rory, Siobhan und John in ein Café an der Straßenecke.

»Weshalb durchsucht jemand Deccys Sachen?«

Siobhan hoffte, Rory habe eine Erklärung dafür. Der aber antwortete nicht, sondern wandte sich John zu.

»Als du mit meinem Sohn wegen der Ponys im Moor unterwegs gewesen bist, hat er da irgendetwas erzählt? Zum Beispiel, ob er sich Sorgen oder Gedanken macht?«

»Ich kann mich an nichts Besonderes erinnern«, bedauerte John. »Nichts, was uns jetzt ein Anhalt sein könnte.«

Siobhan legte ihre Hand auf seine und drückte sie kurz. »Es könnte ein Zufall sein«, mutmaßte sie. »Der Einbrecher ist vielleicht nur neugierig gewesen, weil das Zimmer so aufgeräumt ist. Die Kartons! Er könnte vermutet haben, dass in den Kartons etwas Wertvolles ist, und bevor er die anderen Räume durchwühlen konnte, ist er gestört worden.«

Rory seufzte. Die Beamten von der Spurensicherung betraten das Café und winkten ihm zu. Sie waren mit ihrer Arbeit fertig. Rory zahlte die Getränke, und dann fuhren sie mit in die Polizeistation. Auch ihnen wurden Fingerabdrücke abgenommen, um sie von denen in der Wohnung abzugrenzen.

»Das waren Profis«, sagte Rory. »Die haben die Wohnungstür geöffnet, ohne Spuren zu hinterlassen. Ich werde die nächsten Stunden mit Aufräumen beschäftigt sein. Ich hoffe, ich weiß danach, ob doch etwas fehlt.«

Es stellte sich heraus, dass tatsächlich nichts fehlte.

2

Am nächsten Morgen fuhr John nach Knock, um die neuen Gäste vom Flughafen abzuholen. Das Wetter war seit Tagen ununterbrochen sonnig und fast schon zu heiß für lange Ausritte. Das kleine Flugzeug erschien am sommerlichen Himmel und landete. John stieg aus dem Wagen und betrat das Gebäude, in dem er selbst vor einem gefühlten Jahrzehnt auf Siobhan gewartet hatte. Die vier Frauen, die gut gelaunt aus dem Flugzeug stiegen und auf sein Schild *»Letterfrack Riding Stable«* reagierten, waren aus Belgien und Deutschland und hatten sich erst auf dem Flug kennengelernt. Sie unterhielten sich in einem munteren Sprachenmix. Die beiden Deutschen erwähnten sofort, dass sie bereits das zweite Mal Urlaub bei Siobhan machten. Sie quetschten sich auf die Rückbank, während John die Taschen und Koffer verstaute. Er stellte sich vor und spulte ein wenig das Sightseeing-Programm herunter, das bei diesem Wetter sicher mehr Spaß machte als bei Nebel und Regen. Eine der beiden deutschen Frauen unterbrach ihn:

»Ist eigentlich Home Depot noch da?«

»Natürlich«, sagte er grinsend.

Der braun-weiße Wallach mit dem seltsamen Namen einer amerikanischen Baumarktkette und dem Gemüt eines Büffels auf Valium war bei unsicheren Reitern sehr beliebt.

»Und du bist neu auf dem Hof?«, fragte die andere.

»Ich helfe Siobhan, wenn ich hier bin«, erklärte er. »Wir erreichen jetzt übrigens Castlebar.«

Die Stadt präsentierte sich mit Kreisverkehr, Tankstellen und Industriegelände im Grünen wie nahezu jede andere Kleinstadt in Irland, und das Schild an der N5 das *Achtung – links fahren* auf Deutsch und Englisch auswies, ließ die

Frauen in schallendes Gelächter ausbrechen. Auf der restlichen Strecke unterhielten sie sich über die bevorstehenden Wanderritte und die Vorzüge und Nachteile der einzelnen Pferde. In Letterfrack fuhr John zum Tesco Supermarkt, in dem sich neue Gäste gewöhnlich erst einmal mit Snacks, Kartoffelchips, Schokolade und Limonade eindeckten.

»Da sind wir!«, rief er, als sie wenig später auf den Hof fuhren. Dort stand ein fremder Wagen aus Dublin. Neben den vier Frauen hatte noch ein weiterer Gast für eine Woche eingecheckt.

Siobhan vergab die Zimmer und machte mit den neuen Gästen einen Rundgang. Das Wetter war gut, die kleine Gruppe mit den beiden belgischen und deutschen Frauen sowie einem Iren komplett, und so organisierte sie für den Nachmittag den ersten kurzen Ausritt.

Männliche Gäste waren eher selten, es sei denn, sie begleiteten ihre Frauen und wurden von diesen praktisch dazu gezwungen, sich auf ein Pferd zu setzen. Der Mann, der für eine Woche ein Einzelzimmer gebucht hatte, war am Morgen alleine aus Dublin angereist. Nachdem alle ihre Zimmer bezogen hatten, traf Siobhan John in der Küche. Sie tranken einen Tee, und Siobhan meinte, die Buchung eines einzelnen Herrn sei sehr ungewöhnlich.

»Er hat angerufen und nach einem Zimmer gefragt für eine Woche oder länger. Die wenigsten buchen selbst, sondern über Agenturen. Außerdem ist er Ire.«

»Was stimmt damit nicht?«, wollte John wissen.

Siobhan verdrehte die Augen.

»Wir machen Urlaub nicht in der Heimat. Wir fahren dahin, wo uns ordentlich die Pelle verbrennt.«

Siobhan ging mit der Gruppe zu den Weiden. Die Tiere standen auf zwei getrennten Flächen, um potenzielle Streithähne zu trennen. Sie wollte es nicht riskieren, Touristen auf eine Weide mit untereinander rangelnden 600kg auf Hufen zu schicken. Neben den Pferden besaß sie noch zwei Shetlandponys, die allerdings für die Trails nicht geeignet waren. Wegen ihres Verwandtschaftsverhältnisses wurden sie nur »*Matthew and Son*« genannt. Ab und zu kam Donna mit ihren Töchtern, die sich um die beiden kümmerten, aber eigentlich nutzte Siobhan sie nur als Rasenmäher für ihren kümmerlichen Garten.

Der Ire hatte sich als Mick Finbar vorgestellt. Er meinte, er habe in seiner Kindheit einen rot-weißen Wallach besessen und sei mit ihm ständig über die Felder geritten. Weil er den Eindruck machte, reiten zu können, hatte Siobhan ihm eines der jungen Pferde für den ersten Ausritt anvertraut.

»Er ist nicht aus Dublin«, teilte sie John mit. »Und wer weiß, ob es stimmt, dass er jahrelang im Ausland gewesen ist und jetzt Urlaub daheim braucht.«

John konnte nichts Merkwürdiges an dem Mann feststellen, aber er hatte bislang auch noch kein einziges Wort mit ihm gewechselt. Der Mann war Mitte dreißig, schlank und durchtrainiert, aber zu groß, um einen Tinker zu reiten. Obwohl sich Mick Finbar freundlich und offen gab, hatte John dennoch das Gefühl, dass er auch unangenehm werden konnte, wenn ihm etwas gegen den Strich ging.

Der Trupp führte die Pferde auf den Hof, sie wurden geputzt und gesattelt. Siobhan beobachtete sie dabei, während sie Sheldon fertig machte. Dann begann für ihre Gäste der erste Ausritt, der etwa eine Stunde dauern sollte.

Sie ritt zunächst voran, aber Mick schloss auf dem jungen

Swiffer nach ein paar hundert Metern zu ihr auf und ritt fortan neben ihr. Er saß tatsächlich nicht zum ersten Mal auf einem Pferd, hielt die Zügel locker in einer Hand, die andere auf dem Oberschenkel abgestützt.

»Achtung«, sagte Siobhan, »hier aus der Einfahrt kommt manchmal Gerrys Köter rausgeschossen. Swiffer macht gerne den electric boogy, wenn er sich erschreckt.«

Mick nickte, warf im Vorbeireiten einen Blick in die Einfahrt, aber der durchgedrehte Bordercollie ließ sich nicht blicken. Die Strecke führte bald an der verwaisten Zuchtstation vorbei. Alles dort erinnerte Siobhan schmerzlich an Deccy. Deshalb sah sie in die andere Richtung, als sie das abgeschlossene Gebäude passierten und zuckte dann zusammen, als Mick unvermittelt fragte:

»Ist das der Stall, in dem Declan Callahan die Wildponys betreut hat?«

Ganz langsam drehte sie den Kopf zu ihm und sah ihn mit großen Augen an. Das Pochen ihrer Halsschlagader verriet, wie heftig ihr Herz klopfte.

»Was hast du denn mit Deccy zu tun?«, wollte sie wissen. Das Erstaunen in ihrer Stimme war nicht zu überhören.

»Er war ein alter Freund. Ich hörte, dass er verunglückt ist.«

Siobhan drehte sich zu den Frauen um und sah, dass diese mit ihren Pferden ein Stück zurückgefallen waren. Sie wirkten ausgelassen und mit sich selbst beschäftigt.

»Und was willst du jetzt hier?«, wandte sie sich wieder an Mick mit bemüht ruhiger Stimme. »Für einen Kondolenzbesuch bist du zu spät.«

Er antwortete nicht direkt, blickte geradeaus die Straße hinunter, die in sanften Bögen vorbei an Weiden und Sumpfwiesen bis hinauf in die Berge führte. Seelenruhig und locker saß er im Sattel. Dann sagte er wie beiläufig: »Er besaß etwas, das mir gehört.«

»Oh?«, entfuhr es ihr. Vor ihrem inneren Auge erschienen die aufgerissenen Kartons, die aufgeschlitzte Matratze, die zerfledderten Bücher. Sie schluckte mit trockenem Mund und spürte ihr Herz schlagen. *Das ist der Kerl, der bei Rory eingebrochen ist,* schoss es ihr durch den Kopf. Die Sonne brannte auf ihren Kopf, ihr fiel das Denken zunehmend schwer. Sie starrte nur noch geradeaus, konzentrierte sich auf Sheldons Ohren vor sich. Dann wagte sie es, vorsichtig zu Mick hinüber zu schielen, aber der saß noch immer völlig entspannt auf Swiffer und sagte nichts mehr.

Hinter ihnen ritten die Frauen, plauderten und machten Fotos mit ihren Smartphones. Endlich fand Siobhan ihre Stimme wieder, drehte sich im Sattel um und rief: »Nicht trödeln!«

Wie üblich war Home Depot zurückgefallen, und seine Reiterin drückte ihm energisch die Hacken in die Seiten. Er wurde schneller. Ein wenig.

»Es ist viel zu heiß!«, rief eine der Belgierinnen, und Siobhan erwiderte, dass sie daran leider nichts ändern könne. Sie versuchte zu lachen, aber es gelang ihr nicht. An alle gewandt rief sie: »Gleich kommt ein See, da rasten wir, bevor wir wieder umkehren.«

Am See angekommen, banden sie die Pferde unter den Bäumen an. Siobhan setzte sich zu den Frauen an den Picknicktisch und behielt Mick im Auge. Der saß abseits auf einer gemauerten Uferbegrenzung und telefonierte. Dabei machte er einen angespannten Eindruck, hielt das Smartphone zwischen Ohr und Schulter geklemmt und kratzte sich über die Unterarme. Siobhan überlegte, John anzurufen und ihm mitzuteilen, dass Rorys Einbrecher vermutlich unter ihrem Dach wohnte. Aber was wäre, wenn Mick von dem Gespräch etwas mitbekam? Oder die Frauen?

»Hey! Setz dich doch zu uns!«, rief eine von ihnen zu Mick, nachdem er sein Handy weggesteckt hatte, aber er winkte nur freundlich ab.

Siobhan fasste sich ein Herz, ging zu ihm hinüber, setzte sich zu ihm und sah auf den See hinaus, in dessen Oberfläche sich die Silhouetten der Berge spiegelten.

»Ich liebe das Wasser«, sagte er seufzend. »Ich bin froh, mal wieder hier in Connemara zu sein.«

»Du bist doch nicht hier, weil du die Landschaft so liebst«, erwiderte Siobhan und klang dabei gereizt, obwohl sie selbstsicher hatte auftreten wollen. Der Mann ließ sich nicht davon irritieren. Er antwortete nur mit einem Lächeln.

Ein Lächeln, das ihr Angst machte.

3

Als am frühen Abend die vier Urlauberinnen in den Pub aufbrachen, saß Mick Finbar allein im Fernsehzimmer. John hatte ein Curry zubereitet und wartete darauf, dass Siobhan zum Essen kam. Als sie endlich im Stall fertig war, kam sie in die Küche gestürmt.

»Wo ist Mick?«, fragte sie sofort.

»Im Fernsehzimmer«, antwortete John irritiert. »Was ist denn los?«

Hastig griff sie nach einem Stuhl, rückte ihn an seine Seite und setzte sich. Kaum hörbar raunte sie: »Er ist der Einbrecher!«

»Was?« erwiderte John.

Siobhan sah ihm sein Erstaunen an.

»Bist du sicher?«

»Wenn ich es dir doch sage?«

Das Currygericht war nun Nebensache. Siobhan strich sich immer wieder die roten Haare hinter die Ohren, als sie ihm berichtete, was sich während des Ausrittes zugetragen hatte.

Bei dem Fernsehzimmer handelte es sich um den gemeinschaftlichen Aufenthaltsraum. In ihm befand sich der einzige Fernseher im Haus, der neben RTE auch britische Kanäle und internationale Nachrichten- und Sportsender über Kabel empfing. An den Wänden des kleinen Raumes hingen gerahmte Fotos und altmodische Kunstdrucke, die das Meer und den Fischfang zum Thema hatten. Die Fotos zeigten Szenen aus Connemara, aber auch Schnappschüsse von Stammgästen und Familienportraits der Keatings. Auf dem wuchtigen Sideboard lagen Zeitschriften und Wanderkarten der Gegend. Im Regal darüber standen jene

Taschenbücher, die Urlauber während ihres Aufenthalts lasen und dann für andere Gäste zurückließen.

Mick saß in dem abgewetzten Ohrensessel am Fenster, tippte und wischte auf seinem Smartphone herum. Er hatte es sich gemütlich gemacht in seinem weiten Sweater und einer verwaschenen Jeans mit abgeschnittenen Hosenbeinen. Neben ihm stand eine Tasse Tee auf dem Abstelltischchen.

Als John hereinkam, blickte er auf.

»Hallo«, sagte er, »leistest du mir Gesellschaft? Ich glaube, wir haben uns vor dem Ausritt kurz gesehen. Mick Finbar.«

John reichte ihm die Hand und stellte sich vor.

Mick ergriff sie, erhob sich dabei aber nicht aus dem Sessel. Mit einer langsamen Bewegung schob er das Smartphone beiseite. Er legte den Kopf zur Seite und fragte: »Du bist aus London? Ich dachte, du lebst hier auf dem Hof bei Siobhan.«

»Woran..?«, setzte John an, aber im gleichen Augenblick verstand er. »Ah... mein Akzent. Den werde ich wohl auch in zwanzig Jahren Connemara nicht ablegen können.«

Er stand vor Mick, die Hände in den Hosentaschen vergraben und bemühte sich, ruhig und souverän zu wirken.

»Aber ich lebe hier, das ist richtig. Siobhan hat mir erzählt, dass du mit Deccy befreundet warst?«

Mick reagierte auf diese Bemerkung mit einem breiten Grinsen und deutete mit einem Kopfnicken in Richtung Tür.

»Das waren wir«, bestätigte er. »Und darüber muss ich mit euch sprechen. Holst du Siobhan dazu?«

John wandte sich zur Tür, musste Siobhan jedoch nicht rufen, denn diese hatte abwartend im Flur gestanden, mit dem Rücken an die Wand gelehnt und die beiden belauscht. Sie folgte ihm ins Zimmer, sah kurz zu Mick und setzte sich dann zu John auf die Couch. Sie legte ihm ihre Hand auf den

Unterarm und fühlte sich sicherer. John räusperte sich.

»Also, Mick? Woher kanntest du Deccy?«

Sekundenlang blieb es still. Von seinem Platz aus hatte Mick alles im Blick, John und Siobhan auf dem Sofa, die Wohnzimmereinrichtung und die gerahmten Fotos an den Wänden.

»Unsere Geschichte ist lange her«, setzte er an. »15 Jahre. Ich habe ihm einen Job als Kurierfahrer vermittelt, als ich ihn damals in Galway kennenlernte. Wir suchten zu dieser Zeit noch ein paar zuverlässige Fahrer. Anfangs, in den ersten paar Monaten, haben wir uns auch eine Wohnung geteilt.«

Er sah John an und zog die Augenbrauen zusammen. »Aber woher kanntest *du* ihn?«

John spürte, wie ihm das Blut ins Gesicht schoss. Er holte tief Luft für eine Antwort, aber Siobhan kam ihm zuvor.

»Kurz nach unserer Scheidung wollte Deccy nach Dublin, um sich einen Job zu suchen. Das war genau in diesem Zeitraum. Keiner im Ort hat in den nächsten Jahren von ihm gehört.«

Sie beugte sich etwas nach vorn, das Haar fiel ihr ins Gesicht, und sie strich es sich zurück hinter das Ohr.

»Ich will bestimmt nicht unhöflich sein, Mick, aber wenn du Deccy kanntest, wirst du ihn doch sicher auf einem der Fotos hier erkennen?«

Ohne hinzusehen deutete Mick mit dem Finger zu den Fotos an der Wand. Siobhan folgte der Bewegung, während John Micks Mimik musterte.

»Du bist nicht unhöflich, schließlich bist du die Dame des Hauses. Deccy ist der grinsende Kerl auf dem Gruppenfoto rechts außen. Sein Haar war damals allerdings sehr viel länger. Reicht dir das?« Er legte den Kopf wieder schief und klopfte sich dabei mit dem Daumennagel gegen die

Schneidezähne. »Oder soll ich dir noch erzählen, dass er beim Zähneputzen immer durch die Wohnung wanderte, um die Zeit zu nutzen, Sachen wegzuräumen?« fuhr er fort und sah sie mit einem selbstgefälligen Grinsen an.

Siobhan platzte heraus: »Das kann nur jemand wissen, der tatsächlich mit ihm zusammen gelebt hat. Diese Angewohnheit hat mich wahnsinnig gemacht.«

Sie beugte sich vor. Ihr Tonfall war nun versöhnlich.

»Ich glaube dir«, sagte sie. »Entschuldige bitte mein Misstrauen.«

Noch während sie sich vom Sofa erhob, ergriff John ihren Arm und hielt sie zurück.

»Einen Moment. Erzähl uns doch nicht, dass du nur hier bist, um eine alte Freundschaft aufzuwärmen. Deccy ist tot. Du hast ihr heute Nachmittag gesagt, du bist hier, weil du etwas suchst, was dir gehört. Ist doch so, oder?«

John merkte selber, wie er sich in Rage redete.

Siobhan sah zwischen den beiden hin und her.

»Genau deshalb *bin* ich hier«, betonte Mick. Seine Stimme ließ keinen Zweifel an seinem Vorhaben. »Ich suche nach einem Dokument.«

Was für ein Dokument?, dachte Siobhan noch, als John schon dazwischen ging.

»Ach ja? Hast du in Deccys Kartons nichts gefunden, als du bei Rory eingebrochen bist?« Er zog eine Augenbraue nach oben. Mick hielt es nun nicht mehr in seinem Sessel. Er sprang auf und starrte John an. Zum ersten Mal verlor er seine Selbstsicherheit. »Willst du damit sagen, dass jemand bei Deccys Vater eingebrochen ist?«

Siobhan hielt den Atem an. *Er weiß, wer Rory ist. Ein weiterer Hinweis, dass er Deccy wirklich gekannt hat*, dachte sie. Sie wechselte einen schnellen Blick mit John und klärte Mick dann auf: »Wer immer es auch war, sie haben nur das Zimmer auf Links gedreht, in dem Deccys Sachen lagern. Wir haben damals alles in Kartons gepackt, weil Rory sich nicht trennen konnte.« Sie beobachtete Mick und registrierte seine Erschrockenheit. »Was ist los, weißt du doch etwas darüber?«

In Sekundenbruchteilen hatte Mick sich wieder im Griff. Sein Gesicht gab keinerlei Emotionen mehr preis. Dann schüttelte er den Kopf, als wolle er einen Gedanken verdrängen und winkte mit beiden Händen ab. Aber seine Stirn hatte Sorgenfalten.

»Ich habe nicht durch Zufall von Deccys Tod erfahren«, erklärte er. »Jemand..., nennen wir ihn einen Mittelsmann, hat mich darüber informiert. Und wenn ich jetzt höre, dass Deccys Sachen schon vor meiner Ankunft durchsucht worden sind, kann das nur eins bedeuten. Das Arschloch hat beide Seiten über das Dokument informiert.«

Es folgte eine Stille, die laut war.

Siobhan konnte die Uhr in der Küche ticken hören und den Wind, der um das Haus strich. In diesen Sekunden fügten sich für sie die ersten Puzzlestücke zusammen. Mick hatte bei der Anmeldung zwar eine Dubliner Adresse angegeben, aber seinem Akzent nach zu urteilen war er aus dem Norden. *Mittelsmann und zwei Seiten.* Sie bekam eine Gänsehaut. John schüttelte unwillig den Kopf.

»Je mehr du erzählst, desto rätselhafter wird es. Vielleicht erklärst du uns mal, was das für ein Dokument sein soll. Wer ist dieser Mittelsmann, und wer ist die andere Seite?«

Mick ignorierte die Aufforderung. Sie hörten das kratzende Geräusch, als er über sein schlecht rasiertes Kinn rieb.

»Ich weiß nicht, wie es mit euch ist«, sagte Siobhan, »aber

ich brauche jetzt etwas zu trinken.«

Sie erhob sich, ging in die Küche und nahm drei Flaschen Bier aus dem Kühlschrank. Beim Geräusch der Kühlschranktür kam Captain unter dem Küchentisch hervor und gesellte sich schwanzwedelnd zu ihr.

»Danke«, murmelte Mick, als sie ihm eine Flasche reichte. Sie nickte ihm nur zu, setzte sich zurück auf die Couch und gab John die zweite Flasche.

Mick nahm einen Schluck, setzte die Flasche ab und hielt den Flaschenhals weiterhin zwischen zwei Finger geklemmt.

»Sie werden wiederkommen«, sagte er dann. »Der Einbruch war nur der erste Versuch. Sie wissen, dass sie das Dokument hier bei Siobhan finden, wenn es nicht in Deccys Sachen gewesen ist. Und mit denen könnt ihr nicht diskutieren wie mit mir. Wird schwer, aus der Sache heil wieder herauszukommen. Sie werden auch vor Drohung und Gewalt nicht zurückschrecken. Ich weiß, wovon ich spreche.«

Er sprach ohne besondere Betonung, ohne Erregung in der Stimme, als spule er Fakten ab.

»Lass mich das richtig verstehen.« Siobhan stellte ihre Flasche auf den Boden. »Wie kannst du sicher sein, dass sie es nicht in den Sachen gefunden haben und verschwunden sind? Wir wussten ja nichts von irgendeinem Dokument, deshalb konnten wir auch nicht sagen, ob es fehlte.« Sie sah auf den finster blickenden John. »Vielleicht kommen sie nicht wieder.«

»Sie werden kommen! Früher oder später. Hätten sie es gefunden, wüsste ich es längst.« Mick setzte die Bierflasche an und leerte sie mit wenigen Schlucken.

»Ich verstehe nicht, worum es hier geht.« John hatte sein Bier kaum angerührt. »Kann mir das jemand erklären?«

»Eigentlich ist es ganz einfach.« Mick sah dabei absichtlich an John vorbei zu Siobhan. »Das Dokument ist eine Todesliste.«

Siobhan erblasste. Sie rührte sich auch nicht, als Captain sich zu ihren Füßen setzte und sie mit der Nase stupste.

»Was meinst du damit?«

Sie zwang die Worte aus sich heraus und zuckte zusammen, als John den Hund zur Seite schob. Die ganze Zeit hatte John ruhig sitzend dem Gespräch gefolgt. Nun baute er sich vor Mick auf und sah auf ihn herunter. Mick trommelte mit den Fingerkuppen auf sein Knie. Nachdenklich sah er seine Gastgeber an.

»Es ist eine Namensliste, und wenn sie in falsche Hände fällt, gibt sie die Identität von fünf Menschen preis. Ich muss diese Liste bekommen und vernichten, bevor sie sie finden. Die anderen werden keine Sekunde zögern, diese Männer zu suchen und zu exekutieren.«

»Was hast du damit zu tun?«, wollte John wissen.

»Ich?« Mick verzog die Lippen und sah John voller Geringschätzung über dessen Dummheit an. »Ich habe den besten Grund, diese Liste an mich zu bringen. Mein Name ist auch darauf.«

»Ich habe es geahnt«, flüsterte Siobhan. Endlich fand sie aus ihrer Starre heraus, rückte ein Stück zur Seite und ließ Captain neben sich auf die Couch springen. »Was ist mit Deccy? Steht sein Name auch darauf?«

Als Mick schon wieder zögerte, spürte John sein Misstrauen zur Wut ansteigen. Er musste sich beherrschen, um Mick nicht an den Schultern zu packen und zu schütteln.

»Nein, tut er nicht. Deccy hat das Dokument nur für seine Zwecke benutzt und versteckt.«

»Wie willst du die Liste finden, wenn nicht einmal Rory oder ich wissen, wo sie sein könnte?«

»Deccy hat mir mitteilen lassen, wo ich es finden kann.«

»Durch diesen Mittelsmann?«, fragte Siobhan.

Mick nickte.

»Der Mann hatte Anweisung, mir einen Hinweis zu geben, sollte Deccy etwas zustoßen. Ich könne das Dokument bei seiner Ex-Frau finden.«

»Aber wir haben es nicht!«, entfuhr es John, nun mit dröhnender Stimme.

»Er hat es versteckt. Und sicher nicht irgendwo in seinen Büchern oder in einer Keksdose.«

Mit automatischen Bewegungen streichelte Siobhan den Kopf des Hundes und versuchte, Johns unfreundliches Benehmen zu ignorieren. »Du glaubst wirklich, du gibst mir diesen Hinweis, und ich weiß sofort, wo das Dokument ist? Wie soll das funktionieren?«

»Sagt dir *Digory* etwas?«

»Nein... doch, ich glaube schon«, stotterte Siobhan, dachte konzentriert nach und fuhr fort: »Es ist eine Romanfigur. Wie soll das weiterhelfen?«

»Welcher Roman?«, versuchte John zu helfen, »Wenn du das Buch im Haus hast, vielleicht ist das Dokument darin versteckt?«

»Vollkommen abwegig«, erwiderte sie. »In einem Haus, in dem jedes Buch von Touristen in die Hand genommen wird? Aber wie ist Deccy eigentlich auf die Idee gekommen, das Dokument an sich zu nehmen und es zu verstecken?«

»Hatte das was mit seinem Job zu tun?«, fragte John, und Mick rutschte in seinem Sessel herum. John hatte ins Schwarze getroffen.

Mick nahm die leere Flasche, stellte sie wieder ab und seufzte, als Siobhan keine Anstalten machte, neues Bier zu holen.

»Wie gesagt, wir haben ihn als Kurierfahrer eingestellt«, erklärte er. »Er ist die Route zwischen Leitrim, Cavan und Fermanagh gefahren, später schickten wir ihn nach Enniskillen, als er Vertrauen genoss. Er hat dann seine Bude in Manorhamilton aufgegeben und ist zu mir nach Enniskillen gezogen, um die Miete zu sparen.«

Irritiert beobachtete John, wie Siobhan sich erhob und zu Mick hinüber ging, als dieser sich ebenfalls erhob und vor ihr stehenblieb.

»In was hast du ihn da reingezogen?«, flüsterte sie, und nun konnten alle den Hass in ihrer Stimme hören. Mick legte den Kopf schief und hielt seine Handflächen nach oben geöffnet. Er legte die Hände auf ihre Schultern und zog sie zu sich heran. Bevor sie sich widersetzen konnte, flüsterte Mick schon in ihr Ohr, dabei sah er John fixierend in die Augen: »Gib dir Mühe, herauszufinden, was Digory bedeutet und wo das Dokument ist. Morgen früh will ich es haben, bevor die anderen hier auftauchen und das Ganze blutig werden kann.«

Siobhan riss sich von ihm los, trat einen Schritt zurück und starrte Mick ungläubig nach, der ohne ein weiteres Wort das Zimmer verließ.

»Wie sollen wir das bis morgen früh herausfinden?«, fragte John. »Ich habe nur die Hälfte von dem verstanden, was er sagte. Ich hole den Mistkerl zurück, und dann soll er uns …«

»Nicht, John!«, sagte sie, mühsam um Kontrolle ihrer Stimme bemüht. »Ich kann es dir erklären. Deccy hat nicht nur Lieferungen gemacht, er hat geschmuggelt.«

Als sie sah, dass John immer noch nichts verstand, warf sie die Hände in die Luft und verlor ihre Beherrschung: »Enniskillen liegt auf der anderen Seite der Grenze. In

Nordirland! Verstehst du es jetzt?«

Siobhan hatte den teuren Whiskey, den John aus London mitgebracht hatte, zusammen mit zwei Gläsern ins Schlafzimmer geholt. John saß auf seiner Seite des Bettes, und sie setzte sich im Schneidersitz zu ihm. Sie hielt ihm die Gläser entgegen, er drehte die Flasche auf und goss ihnen zwei Fingerbreit des Alkohols ein.

»Was machen wir?«, begann sie und rollte das Glas zwischen ihren Händen hin und her, bevor sie den ersten Schluck nahm. An diesem Abend brach sie mit ihrer Regel, nur eine Sorte Alkohol zu trinken, um einen Kater zu vermeiden. Dafür war sie viel zu nervös.

»Was wir machen sollen? Zuerst müssen wir diese verdammte Liste finden.« John stürzte den Whiskey hinunter. Er schmeckte ihn kaum. Er war immer noch geschockt, in was Deccy hineingeraten war. So tief im Westen der Republik hatte er mit so etwas nicht gerechnet.

Terroristen, dachte er bitter, *keine Freiheitskämpfer.*

Über Jahrzehnte hatte die IRA unschuldige Menschen getötet, darunter auch ein Mitglied aus seiner Familie. Sein Onkel gehörte Mitte der Neunziger zu den Opfern eines Bombenanschlages auf die Londoner Tube. Aber das würde er Siobhan nicht erzählen, nicht jetzt.

Siobhan seufzte und erwiderte: »Ich zerbreche mir schon die ganze Zeit den Kopf, was Deccy mir mit Digory sagen wollte.«

John stellte das leere Glas auf den Nachttisch und nahm sein Smartphone zur Hand. »Das lässt sich doch herausfinden.«

Siobhan drückte seine Hand mit dem Smartphone zur Seite. »Ich weiß, um welches Buch es geht.« Auch sie stürzte nun den Whiskey hinunter. »Aber mir fehlt die Verbindung.«

John deutete mit dem Kinn zur Whiskeyflasche, doch Siobhan schüttelte den Kopf. »Ich bin total erledigt«, murmelte sie. »Ich glaube jedoch nicht, dass ich schlafen kann. Ich habe Angst. Mit Hof und Tieren bin ich verdammt verwundbar.«

Sie robbte über das Bett auf ihn zu, legte sich neben ihn und schloss müde die Augen, während John sie umarmte und an sich drückte.

»Ich werde morgen allein mit Mick reden. Vielleicht hält er noch was zurück in deiner Gegenwart. Du bist Engländer.«

John brummte und fragte dann:

»Hat Deccy nie auch nur irgendwas angedeutet?«

Siobhan lächelte schwach bei der Erinnerung. »Nein, er sagte immer nur, er habe in Spanien Orangen gepflückt.«

Mit einem Seufzer streckte sie die Arme aus und zog sich die Bettdecke halb über den Körper. Ein Bein hatte sie dabei auf Johns Knie gelegt. Es war kurz nach Mitternacht.

»Ich mag dich nicht mit diesem Kerl allein lassen.«

»Er ist auf mich angewiesen, wenn er das Dokument zurück haben will. Er wird mir nichts tun.«

John knipste die Nachttischlampe aus. Es wurde stockdunkel im Zimmer. Es gab keine Straßenbeleuchtung, die durch das Fenster hindurch noch für ein schwaches Licht sorgen konnte.

»Was denkst du, wer die anderen sind, vor denen Mick Angst zu haben scheint?«

»Vielleicht eine Splittergruppe der IRA«, sagte Siobhan in die Dunkelheit hinein, »aber das glaube ich nicht. Ich fürchte,« Sie brach ab. John tastete nach ihrer Hand und drückte sie vorsichtig.

»Sag schon! Wer sollte es denn sonst sein?«

»Der britische Geheimdienst.«

Er setzte sich auf und machte das Licht wieder an.

»Unmöglich!«

Ihm war seine Verstimmung anzusehen.

»Die dürfen nicht so ohne Weiteres im Ausland operieren. Und erst recht nicht exekutieren, ich bitte dich!«

Mit einem schnippischen Unterton erwiderte Siobhan:

»Stimmt, das übernimmt dann der SAS.«

John lachte kurz auf und sah sie mit gerunzelter Stirn an. »Das ist nicht dein Ernst, oder? Du glaubst wirklich, dass die britische Regierung Agenten nach Irland schickt, um untergetauchte Terroristen zu töten? Mach dich nicht lächerlich!«

Mit einer schnellen Bewegung lehnte sie sich über ihn, schlug mit der flachen Hand auf den Schalter der Nachttischlampe. Im Dunkeln sagte sie leise: »John, als wenn das noch nie passiert wäre.«

Es dauerte eine Weile, bis sie sich aneinander kuschelten.

Digory, der alte Mann aus den Chroniken von Narnia. Was hatte Deccy damit gemeint? Die halbe Nacht lag sie wach, fand erst in den frühen Morgenstunden in den Schlaf. Sie träumte wieder von den schrecklichen Augenblicken in den Bergen. Die panischen Ponys, das Gewitter in den Bergen. Deccy in seinem wehenden Regenumhang. Erneut saß sie neben ihm, hoffte und betete, dass der Hubschrauber rechtzeitig kommen würde, aber diesmal war etwas anders in ihrem Traum. Mick war bei ihnen. Er stand wie ein Beobachter dabei und rührte keinen Finger.

4

Am nächsten Morgen nahm Siobhan all ihren Mut zusammen und klopfte an Micks Zimmertür. Zuvor hatte sie Donna angerufen, die an ihrer statt den heutigen Ausritt übernahm. John mistete die Pferdeboxen aus.

Mick öffnete die Tür. Er machte nicht den Eindruck, als habe er auch nur eine Minute geschlafen, rieb sich die Augen und legte den Kopf schief. Diese Geste konnte Siobhan inzwischen lesen. Eine stumme Frage. Er wartete darauf, dass sie etwas sagte.

»Wir müssen reden.«

Immer, wenn sie entschieden hatte, sich einer Situation zu stellen, kehrten Selbstbewusstsein und Mut zurück. Mick nickte und trat einen Schritt zur Seite, um sie herein zu lassen. Siobhan aber schüttelte nur den Kopf.

»Die Küche ist frei. Gehen wir frühstücken.«

Kurze Zeit später saßen sie sich am Küchentisch gegenüber. Mick trank seinen Tee, hatte Eier und Toast verschlungen und den Teller dann von sich geschoben.

Siobhan sah ihn lange an, bevor sie das Gespräch begann.

»Wir sind wegen des Dokuments noch nicht weiter gekommen. Ich habe mir den Kopf darüber zerbrochen, was Deccy mit *Digory* gemeint haben könnte. Ich glaube nicht, dass es etwas bringt, wenn wir hier bei mir alles durchsuchen. Deccy und ich lebten bis zu seinem Tod schon über zehn Jahre nicht mehr zusammen. Er wird die Liste nicht bei mir versteckt haben. Aber wir bleiben dran.«

»Das solltet ihr auch«, erwiderte Mick tonlos.

Durch das Küchenfenster beobachtete er John, der Heu und Stroh in die Boxen fegte und Captain davon abzuhalten versuchte, einer streunenden Katze nachzujagen.

»Kann ich ihm trauen?«, fragte Mick plötzlich, den Blick noch immer auf den Hof gerichtet.

»Die Frage ist eher, ob du auf mich zählen willst. Ich bin der Schlüssel zu deiner Liste.«

»Deccy hat mit dir gerechnet, also halte ich es auch so.«

Mick goss sich eine weitere Tasse Tee ein und fügte einen Schuss Milch hinzu.

»Ich will wissen, weshalb ihr Deccy in diese Sache hineingezogen habt.«

»Er hatte so ein Allerweltsgesicht. Einen wie ihn hielt man nicht an und kontrollierte die Ladung.« Er lachte. »Für ihn war es gut verdientes Geld. Leider hat er irgendwann herausgefunden, was er da eigentlich an diese Adresse in Enniskillen auslieferte. Eine Weile konnte ich ihn mit noch mehr Kohle hinhalten, aber im Grunde war er für uns wertlos geworden, nachdem er einmal wusste, was er da transportierte. Er wäre bei jeder Kontrolle sofort nervös aufgefallen. Dann ist er plötzlich verschwunden und hat die verdammte Liste mitgenommen, die ich schon längst hätte verbrennen sollen. Er hat mich angerufen und gesagt, er habe sie gut versteckt, und ein Mittelsmann würde dafür sorgen, dass sie an die Behörden ginge, wenn wir ihn suchen und ihn...«

»Ich weiß«, raunte Siobhan. »Ihr holt ehemalige Kameraden nicht zurück, ihr serviert sie ab.«

»Immerhin war ich es, der es geschafft hat, dass ihn wirklich niemand suchte, denn es war ja meine Schuld, dass diese Liste überhaupt noch existierte.«

»Was sind das für Leute darauf?«

Mick schloss die Augen und fragte, ohne sie wieder zu öffnen: »Sagt dir der 4. Mai 1996 etwas?«

Siobhan brauchte nur wenige Sekunden. Sie wurde blass, drückte sich die Hand vor den Mund und wandte sich ab. Kein Ire würde dieses Datum jemals vergessen. Es war der Tag einer der letzten großen irischen Terroranschläge auf der britischen Insel.

»Daran warst du beteiligt?« Ihre Stimme brach ab.

Mick öffnete die Augen, sah sie mit ehrlichem Unbehagen an. »Es ist eine Menge schief gelaufen an diesem Tag. Du weißt, dass wir immer rechtzeitig vorher angerufen und gewarnt haben. Natürlich platzierten wir die Bomben, ja. Aber immer wurde alles dafür getan, ihnen genug Zeit für die Evakuierung und das Finden und Entschärfen des Sprengsatzes zu geben.«

Er beugte sich ein Stück über den Tisch und fuhr leiser fort: »An diesem verdammten 4. Mai haben sie den falschen Bahnhof evakuiert. Es war eine Verkettung unglücklicher Umstände.«

»Manche sind der Meinung, ihr habt viele Menschen mit Absicht in den Tod geschickt.«

Mick schüttelte fast unmerklich den Kopf.

»Es ging uns nie ums Töten, Siobhan. Wir mussten eine reale Bedrohung herstellen, um in deren Bewusstsein präsent zu bleiben. Wir wollten und wollen nur unsere Freiheit.«

Siobhan hatte die Bilder von damals vor Augen. Vier Tote und etliche Schwerverletzte auf den Bahnsteigen und den Gleisen.

»Die Zeiten haben sich geändert«, beschwor Mick sie. »Als mich Deccys Mittelsmann endlich gefunden hatte, war ich schon längst nicht mehr im aktiven Dienst. Ich weiß nicht, warum er den Hinweis auf die Liste auch den anderen zugespielt hat. Das war bestimmt nicht Deccys Idee gewesen. Na ja, jedenfalls können wir es nicht ungeschehen machen, was damals passiert ist. Aber wenn die Briten diese Aufstellung finden, werden sie uns töten. Und ich will nicht sterben, Siobhan.«

Sie starrte ihn an, schluckte mühsam, um sich von dem Druck in ihrem Hals zu befreien. Mit einer Hand strich sie unbewusst über ihren verspannten Nacken.

»Mick Finbar ist nicht dein richtiger Name, oder?«

Er schüttelte kaum merkbar den Kopf.

»Und die anderen? Britischer Geheimdienst?«

Mick seufzte und nickte.

»Bitte such diese verdammte Liste. Ich weiß, dass du den 4. Mai 1996 nicht billigst. Aber Siobhan!« Über den Tisch hinweg ergriff er ihre Hände, und sie ließ es geschehen. »Du bist Irin, genau wie wir. Du weißt, was sie uns all die Jahrzehnte und Jahrhunderte angetan haben. Und wir werden im Norden immer noch drangsaliert. Obwohl du die Mittel nicht billigst, unsere Gefühle musst du verstehen. Bitte! Wenn die hier auftauchen, stell dich dumm. Du hast keine Ahnung und kannst nicht helfen. Du wirst Iren doch nicht an die verdammten Engländer ausliefern und damit deren Todesurteil sprechen, oder? Das machst du nicht, ich sehe es dir an. Wir sind Iren!«

Plötzlich ließ er sie los, stand auf, sah noch einmal zu John hinaus und verließ dann die Küche. Siobhan saß danach eine ganze Weile auf ihrem Stuhl und kämpfte gegen den Drang, sich übergeben zu müssen.

Donna kam mit den Reitgästen zurück und berichtete, dass alles gut gelaufen sei und die Ladys sehr zufrieden zum zweiten Frühstück gingen. Siobhan half ihr, die Sättel und Trensen in der Sattelkammer zu verstauen. Dort roch es intensiv nach Pferdeschweiß und Leder.

»Ich danke dir«, sagte Siobhan. Sie nahm Donna die durchgeschwitzten Satteldecken ab, um sie in der Scheune zum Trocknen aufzuhängen.

»Weshalb ist denn heute der Mann nicht geritten?«, fragte sie. Neugierig sah sie Siobhan an und stieß ihr spielerisch mit dem Ellenbogen in die Seite. »Hat er hier vielleicht auf etwas anderes ein Auge geworfen?«

Bemüht konzentriert widmete sich Siobhan plötzlich den losen Pferdehaaren, die an der Unterseite der Satteldecken klebten. Verbissen versuchte sie, die Haare mit den Fingerspitzen abzuzupfen. »Ich habe ihm für den Proberitt Swiffer überlassen, aber vielleicht war es nicht das, was er sich vorgestellt hatte«, erwiderte sie beiläufig. Sie warf Donna einen schnellen Seitenblick zu und versuchte sich an einem entschuldigenden Grinsen. »Wie hat sich Sheldon heute benommen?«

»Lenk nicht ab!«, konterte ihre Freundin. »Ich kenne dich gut genug. Also? Was ist los?«

Endlich legte Siobhan die Satteldecken beiseite.

»Was Mick angeht …«

Siobhans Zaudern beunruhigte Donna. Sie konnte sich beim besten Willen nicht vorstellen, dass Siobhan etwas mit einem Gast anfangen würde, wo sie noch so frisch mit John zusammen war. Sie fuhr sich durch ihr kurzes Haar und meinte: »Er sieht doch gut aus, oder? Wenn du kein Interesse hast, also ich ...«

Blitzschnell drehte Siobhan sich herum und ergriff Donnas Arm. »Untersteh dich!«, zischte sie.

Donna riss die Augen auf und wich zurück. Siobhan drückte sie an die Wand, dort wo die Reitsättel in einer Reihe auf ihren Ständern hingen. »Er ist nicht hier, um Urlaub zu machen. Wenn ich dir verrate, was er will, musst du mir versprechen …«

In diesem Moment kam John herein und Siobhan verstummte. Sie ließ Donna los und flüsterte: »Später!«

Auch ihre Freundin reagierte sofort.

»Dürfen die Mädchen am Wochenende mitkommen? Wir machen dann Matthew & Son fertig und gehen mit ihnen spazieren.«

»Klar«, erwiderte Siobhan und sah John fragend an, der kaum sichtbar nickte. Nachdem Donna gegangen war, um mit den Gästen die Pferde wieder auf die Weide zu bringen, umarmte er Siobhan. Sie presste ihre Wange an seine Schulter und legte ihre Arme um ihn. So standen sie eine ganze Weile da, schwiegen und genossen den Moment dieser Zweisamkeit.

»Ich wollte es ihr sagen, aber ich wusste nicht wie. Ist wohl besser, ich erzähle die ganze Geschichte erst, wenn das alles hier vorbei ist.«

»Hast du was Näheres aus Mick herausbekommen?«

Sie erzählte ihm, dass auch Mick glaubte, dass es der britische Geheimdienst sei, der hinter ihm und seinen Freunden her ist. Was sie von Mick sonst noch erfahren hatte, verriet sie ihm allerdings nicht.

In den nächsten Stunden hatte Siobhan keine Zeit, sich über Mick Gedanken zu machen. Sie musste sich um Tiere und Gäste kümmern und war dankbar für die Ablenkung. Die Damen kamen begeistert vom Ausritt zum Strand zurück und wollten diesen Trail unbedingt wiederholen.

»Nach einem ganzen Tag im Sattel tut euch sicher gerade alles weh«, erklärte Siobhan mit einem Lächeln.

Sie bereitete die Futtereimer vor, füllte sie mit Hafer und Mineralpellets und kontrollierte dann die Shettys, die sich eine Box teilten. Die beiden wieherten ihr entgegen und schnupperten an ihren Hosenbeinen, als sie die kleinen Hufe anhob und sie auskratzte. Matthew & Son waren süße Fellmonster, der Vater pechschwarz und sein Sohn dunkelbraun mit einer hellen Mähne. Als sie die Box hinter sich schloss, entdeckte sie John. Er hatte die Hände in die Hüften gestemmt und sah sich in der Scheune um.

»Was suchst du?«

Ohne sich umzudrehen rief er: »Diese Kisten sind doch seit Jahren weder bewegt noch geöffnet worden, oder? Vielleicht hat Deccy das Dokument hier irgendwo versteckt?«

Siobhan zuckte mit den Schultern und sah sich ebenfalls um. »Versuch dein Glück! Es ist auf jeden Fall eine Gelegenheit, einmal aufzuräumen.« Sie pfiff Captain zu sich und verschwand im Haus.

John fand nur rostiges Werkzeug, altes Zubehör und Dinge, die zerbrochen, aber niemals entsorgt worden waren. Er gab die Suche auf, stand im schwachen Schein der Werkstattlampe und dachte nach. Siobhan hatte Recht. Deccy hatte das Schreiben hier nicht versteckt, denn sie hätte sich jederzeit dazu entschließen können, den ganzen Krempel ungeprüft wegzuwerfen.

Mittlerweile war es dunkel geworden. John wurde aus den Gedanken gerissen, als ein Wagen auf den Hof gefahren kam. Die Scheinwerfer blendeten ihn. Es war Mick. Er stieg aus und schlug die Wagentür zu.

»Hey!«, rief John zu ihm hinüber und hob die Hand.

Mick drehte nur kurz den Kopf, hob ebenfalls die Hand und ging unbeirrt ins Haus. Er telefonierte und schien sich nicht stören lassen zu wollen. Plötzlich kam John eine andere Idee. Er setzte sich auf einen der Strohballen und suchte mit dem Smartphone im Internet nach einer Kurzbeschreibung des Buches *Chroniken von Narnia*.

Aslan der Löwe, las er. Vielleicht hat Siobhan irgendwo eine Löwenstatur, und darin hat Deccy es versteckt. Aber das war vermutlich auch zu einfach.

5

»Rory hat mich angerufen«, sagte Siobhan. Sie hatte ihren Teller nur halb geleert, schob ihn mit einer langsamen Bewegung von sich weg. John sah erst die Reste, dann sie an.

»Mick hat ihm einen Besuch abgestattet, um sich über Deccy zu unterhalten. Er wollte nicht sagen, worum es genau ging, aber er klang sehr mitgenommen.«

John erhob sich vom Tisch, räumte die Teller in die Spüle und drehte sich dann mit einem ernsten Gesicht zu ihr um, während sie sagte:

»Er meint, wir sollen aufpassen. Mick sei gefährlich.«

Sie trat neben ihn, lehnte sich an seine Schulter.

»Ich habe die Scheune durchforstet, aber nichts gefunden.« John legte die Arme um sie. »Du hast nicht zufällig irgendwo einen Löwen in Haus oder Garten?« Siobhan verstand die Anspielung sofort und grinste humorlos. »Das war das Erste, woran ich auch gedacht hatte.«

John übernahm den Abwasch, und Siobhan kontrollierte die Pferde auf den Weiden. Sie fraßen ruhig das Heu, das sie ihnen als Abendration über den Zaun geworfen hatte. *Natürlich ist er gefährlich,* dachte sie, als sie zurück ins Haus kam. *Das wusste ich schon vor Rory. Trotzdem werde ich ihm helfen.*

Sie setzte sich an ihren Laptop im Wohnzimmer und erledigte die Korrespondenz mit den Agenturen und beantwortete einige Buchungsanfragen. John versuchte neben ihr, sich auf sein Taschenbuch zu konzentrieren, gab das aber nach wenigen Minuten wieder auf.

»Wir stehen das gemeinsam durch, du und ich.«

Das kam so spontan und in einem ernsten Tonfall, dass sie nicht sofort darauf antworten konnte. Ihr Herz raste.

»Wir finden diese Liste«, flüsterte sie schließlich, beugte sich zu ihm hinüber und küsste ihn.

Bis spät in die Nacht lag sie wach, nachdem John neben ihr bereits eingeschlafen war und starrte in Gedanken versunken an die Zimmerdecke. *Ich wünschte, Deccy wäre noch am Leben,* dachte sie. Ihre Hand wanderte zu dem schlafenden John hinüber, und sie legte sie zärtlich auf dessen nackten Bauch. *Deccy sollte Mick nach seinem Ausstieg die Liste einfach zurückgegeben haben, und ich hätte nie etwas davon erfahren.*

Sie strich mit ihrer Hand über Johns Bauch, und er reagierte mit einem sanften Brummen, ohne dabei aufzuwachen. Sein wohliger Laut befreite sie endlich aus ihrer Grübelei. Stattdessen dachte sie an die erste sexuelle Berührung zwischen ihnen, daran, dass sie beide aufgeregt und in jeder Beziehung überempfindlich waren. Aber gerade das hatte dieses erste Mal so intensiv werden lassen. Danach behauptete John zwar, in einer engen Bindung müsse der Sex überhaupt nicht so häufig sein, wenn der Rest stimme. Trotzdem waren sie am nächsten Tag zweimal in Folge übereinander hergefallen, weil sie nicht voneinander lassen konnten. Dabei hatte er nicht den Eindruck gemacht, von ihr dazu gezwungen worden zu sein. Sie schloss die Augen und lächelte sanft. *Du komischer Engländer,* dachte sie und schlief endlich ein.

*

Es war noch dunkel, als Siobhan John unsanft weckte. Sie rüttelte ihn und redete in hastigen Worten auf ihn ein. Er blinzelte, wachte auf und verstand sie endlich. Dann nahm auch er wahr, dass Captain im Hof wie verrückt bellte. John sprang auf, schaltete das Licht ein, was Siobhan bisher vermieden hatte, und setzte sich die Brille auf. Siobhan zog den Reißverschluss ihrer Jeans zu und warf ihm sein T-Shirt zu. »Die Pferde sind weg!« Ihre Stimme überschlug sich. »Beeil dich!«

Ihre Tiere waren noch nie ausgebrochen. Siobhan achtete immer darauf, dass Strom auf den Zäunen lag und hielt die Gatter sicher verschlossen. Lediglich Barney und Home Depot standen jetzt im Innenhof und hatten Captain anschlagen lassen. Die anderen liefen irgendwo außerhalb herum.

Mit Taschenlampen und Stricken marschierten John und Siobhan von der Weide zur Straße hinunter. Es regnete. Immer wieder nahm er seine Brille ab, wischte die Tropfen von den Gläsern.

»Entweder sind sie in Richtung Letterfrack«, Siobhan drehte sich um, deutete mit dem Lichtstrahl in die andere Richtung, »oder sie sind ins Moor gelaufen.«

»Ist beides nicht gut«, erwiderte John.

»Ich suche ein Stück in diese Richtung, lauf du in die andere«, rief er und rannte los.

Der Lichtstrahl tanzte von rechts nach links und von links nach rechts über die dunkle Straße, während er lief. Auf der einen Seite war diese von einer dichten Hecke begrenzt, auf der anderen von einem niedrigen Holzzaun. Schwer atmend kam er an die Stelle, an der der Zaun endete und das Gelände in eine offene sumpfige Wiese überging. Dort leuchtete er den Boden ab, fand aber keine Hufspuren.

Er überlegte kurz, ob er der Straße noch weiter folgen sollte, lief dann jedoch zum Hof zurück und erreichte keuchend Siobhan, die gerade telefonierte.

»Danke dir, Rory«, sagte sie, »ich melde mich, sobald wir wissen, wo sie sind.«

Sie leuchtete John ins Gesicht, der geblendet die Augen zukniff und mit der Hand ihre Taschenlampe von sich wegdrehte.

»Keine Spur von ihnen«, keuchte er, »was machen wir? Was hat Rory gesagt?«

»Er sperrt die Straße mit Warnbaken ab, damit sie nicht auf die Schnellstraße laufen. Moment ...!«

Sie erstarrte, horchte in die Dunkelheit hinein.

»Ich kann sie hören.«

John hielt den Atem an, aber das Blut pochte noch so laut in seinen Ohren, dass er die Geräusche um sich herum kaum wahrnahm. Im Laufschritt folgten sie der Straße in Richtung Letterfrack, und schon ein paar hundert Meter weiter sahen sie im schwachen Licht die kleine Herde, die ihnen langsam entgegenkam.

»Sie laufen nach Hause«, flüsterte Siobhan.

Sie wagten kaum zu atmen oder sich zu bewegen und schalteten die Taschenlampen aus. Als die Gruppe näher kam, hob Sheldon, einer der dicken Schecken, den Kopf und blieb stehen. Die kleine Herde hielt dahinter, alle verhielten sich ruhig und abwartend. Siobhan atmete tief durch, gab ihrer Stimme die nötige Ruhe und rief: »Sheldon, komm her, mein Junge.«

Der Wallach setzte sich wieder in Bewegung, und die anderen Tiere folgten ihm. Siobhan legte ihm einen Strick um den Hals und rief zu John hinüber: »Bleib hinter uns, damit sich keiner absetzt.«

Eines der Ponys trödelte. John griff in die dicke Mähne und zog es mit sich. Dabei wühlte er mit der freien Hand sein Smartphone aus der Hosentasche.

»Rory, wir konnten sie einfangen«, verkündete er, und Deccys Vater antwortete: »Ich habe sie gesehen, Engländer. Sie kamen bis zur Absperrung und drehten dann wieder um.«

Wegen der lauten Hufe auf dem Kopfsteinpflaster des Hofes tauchten nun auch die Reitgäste auf. Sie standen im Hauseingang, nur in Nachthemden und Unterwäsche.

»Nichts passiert!«, rief Siobhan. »Nach dem Frühstück kann ich ein paar Helfer gebrauchen, um den Zaun zu reparieren.«

Mit dem letzten Ausreißer, dem alten, grauen Dopey, kam auch John auf den Hof, führte ihn in eine freie Box und schloss die Tür hinter ihm.

»Danke«, murmelte Siobhan, umarmte ihn und drückte ihn an sich. Sie erstarrte, als John sich zu ihr herunter beugte und fragte: »Wo steckt Mick? Spätestens jetzt bei dem Krach hätte auch er aufwachen müssen.«

Mick erschien erst, als die anderen wieder in ihren Zimmern verschwunden waren und John und Siobhan für den Rest der Nacht Heu verteilt hatten. Er war in Regenjacke und Stiefeln auf den Hof gekommen, aber nicht aus dem Haus, sondern durch die Scheune, deren Hintertür zu den Weiden führte. »Alle wieder daheim?«, rief er, die Hände tief in seinen Hosentaschen vergraben.

»Das glaube ich jetzt nicht«, raunte John.

Siobhan setzte Kaffee auf, während John sich trockene Sachen anzog und sich dann zu ihr setzte. Sie rief Mick, der sich an der Küche vorbei zu schleichen versuchte.

»Ja?« Mick stellte sich in den Türrahmen. »Was macht die Suche nach der Liste?«

Siobhan zog scharf die Luft ein und erwiderte kühl:

»Wir waren damit beschäftigt, die Pferde wieder heil nach Hause zu bringen. Wo warst du eigentlich? Und was hattest du auf den Weiden zu suchen?«

Mick kam mit bedächtigen Schritten in die Küche und stellte sich dann mit verschränkten Armen vor die Spüle.

»Ich schlafe nie sehr tief«, sagte er schließlich. Er senkte den Kopf und studierte ruhig seine Hände, zuerst die Innenseiten, dann die Fingernägel. »Wenn ich einmal eine ganze Nacht durchschlafen will, brauche ich Tabletten. Vom Getrappel und dem Bellen bin ich aufgewacht. Ich zog mich an, aber da ward ihr schon draußen auf der Straße. Deswegen bin ich zu den Weiden gelaufen.«

»Im Dunkeln?« John sah ihn misstrauisch an.

Mick ließ das Display seines Smartphones hell aufleuchten und hielt es demonstrativ in Johns Richtung. »Eure Pferde sind nicht freiwillig durch den Zaun«, erklärte er.

Langsam stellte Siobhan ihre Tasse ab, erhob sich und durchquerte die Küche. Sie baute sich vor ihm auf und sah ihm fest in die Augen. »Hast du vielleicht versucht, deine Forderung auf diese Weise deutlich zu machen?«

Mick legte den Kopf schief.

»Warum sollte ich das tun?« Er warf einen kurzen Seitenblick auf John. Dann flüsterte er: »Du weißt doch, worum es geht. Ich setze auf dich. Du ahnst, wer das war. Genauso, wie ich es weiß. Bekomme ich auch einen Kaffee?«

*

»Digory ... Digory ... Digory«

Wie ein Mantra murmelte Siobhan dieses Wort vor sich hin. Sie saß mit ihrer alten, gebundenen Ausgabe von *Narnia* in Barneys Box, blätterte hin und her und suchte nach der verborgenen Bedeutung, jener, die sie für Deccy gehabt haben muss. John schob eine Karre mit frischem Stroh vorbei, entdeckte sie und blieb neben der offenen Tür stehen.

»Was machst du da?«

»Ich versuche, hinter Deccys Rätsel zu kommen.«

Er setzte sich zu ihr und sah ihr über die Schulter, um auch einen Blick in das Buch zu werfen.

»Mick lügt, wenn er nur den Mund aufmacht«, bemerkte er. »Er ist bei Rory eingebrochen und hat auch die Pferde freigelassen.«

»Glaube ich nicht. Er war ein Freund von Deccy, er will nur sein Dokument zurück.«

»Ja, eben! Deshalb ist er ja bei Rory eingebrochen.«

Siobhan klappte das Buch zu und warf es neben sich ins Stroh. »John, glaub mir. Wenn er sagt, dass er damit nichts zu tun hatte, ist es auch so.«

John nahm seine Brille ab.

»Ach ...?«

Er rieb sich mit den Handballen die Augen. »Schatz, sei vernünftig!« Er setzte die Brille wieder auf und sah Siobhan an.

»Ich bin vernünftig!«, fauchte sie. »Du bist halt Engländer. Du weißt einfach nicht, wie manche Dinge hier bei uns laufen.« Bevor er etwas erwidern konnte, stand sie auf, sah von oben auf ihn herab und fügte, fast schon verächtlich, hinzu: »Du bist manchmal so furchtbar englisch!«

Sie hob das Buch auf und ging. John blieb noch eine Weile sitzen, wo er war, fuhr sich mit einem Finger über die Stirn und heftete den Blick auf seine Fußspitzen. Dann fragte er halblaut in die Stille hinein:

»Was meinst du mit *furchtbar* englisch?«

6

John kontrollierte ein weiteres Mal die Strombänder der Zäune, bevor sie am frühen Mittag die Pferde wieder auf die Weide bringen wollten. Siobhan hatte ihn darum gebeten.

»Furchtbar englisch«, murmelte er, während er über das Gelände lief, »vielleicht ist es genau das, was dieser Gegend fehlt.« Er ging die Zäune entlang, rüttelte an den Pfählen, warf Abfall, den er fand, auf die andere Seite. Dabei hatte er keine Eile. Immer wieder kehrten seine Gedanken zu der Liste zurück. Und zu Mick, der scheinbar alles daran setzte, ihnen das Leben schwer zu machen.

Hätte er geahnt, was sich in genau diesem Moment auf dem Hof abspielte, wäre er schneller zurück gewesen.

Mir rennt die Zeit davon, dachte Mick, stand am Fenster des Fernsehzimmers und sah auf den Hof hinaus. *Ich müsste längst zurück in Dublin sein. Wenn ich diesen Auftrag auch noch vermassel, dreht Pat mir das Gesicht auf den Rücken. Gott, ich brauche eine Kippe.*

Er wühlte in der Tasche seiner Jeans, wickelte den Kaugummi aus dem Papier, steckte ihn sich in den Mund, ohne diese Handlung wirklich wahrzunehmen. So, wie er sich früher, ohne darüber nachzudenken, eine Zigarette nach der anderen angesteckt hatte.

Nachdenklich kehrte er in sein Zimmer zurück, nahm das Smartphone vom Ladeadapter und stieß auf dem Weg nach draußen fast mit einem Mann zusammen. Der Fremde trug eine dunkle Sonnenbrille, die er nach der Beinahe-Kollision abnahm und in die Brusttasche des Maßanzuges steckte. Mick machte einen zögernden Schritt zurück und grinste.

»Ich suche Siobhan Keating«, sagte der Mann. Sein

Liverpooler Akzent war so ausgeprägt, dass Mick vor Schreck fast das frische Kaugummi verschluckte.

»Sie ist irgendwo im Haus oder auf den Weiden«, erklärte er, »ich weiß aber nicht, ob sie noch Gäste annimmt.«

Er schob sich an dem Mann vorbei zur Haustür hinaus und bemerkte im Vorbeigehen den Kopfhörer in dessen Ohr. Auf dem Hof stand ein flaschengrüner Seat SUV.

»Wollen Sie Ihre Tochter zum Reiten anmelden?«

»Wie kommen Sie darauf?«

»Wir sind alle zum Reiten hier und Sie«, Mick zuckte mit den Schultern, »sehen nicht so aus, als würden Sie sich auf ein Pferd setzen wollen.«

»Es ist eine private Angelegenheit.«

Mick hob entschuldigend die Hände. Der Fremde mochte nicht ahnen, wer er in Wirklichkeit war, aber Mick wusste sehr genau, wen er vor sich hatte. Er drehte auf dem Absatz, hob den Kopf und rief ins Haus: »Siobhan?« An den Mann gewandt sagte er: »Sie wird hier irgendwo sein. Sie kennen sie ja, immer auf Trab.« Dabei tat er so freundlich jovial, dass er die spontane Abneigung des Typen förmlich spüren konnte. Genau das, was er wollte.

Siobhan trat aus einer der hinteren Boxen, schirmte mit einer Hand ihre Augen gegen die Sonne ab und sah zu dem Besucher hinüber. Dann hob sie leicht winkend die Rechte und rief: »Komme sofort!«

Den SUV hatte sie gehört, und der Kerl in dem Anzug, der neben Mick stand, ließ ihren Puls hochschnellen.

Ruhig, dachte sie, *ruhig bleiben*.

Sie setzte ein Lächeln auf und schritt über den Hof auf die beiden zu. »Was kann ich für Sie tun?«

Noch bevor der Unbekannte antworten konnte, machte Mick einen Schritt auf Siobhan zu und erklärte betont:

»Es ist was Privates.«

Siobhan registrierte mit Bewunderung, dass er plötzlich in der Lage war, seinen verräterischen Akzent aus dem Norden vollkommen zu unterdrücken und wie ein Landei aus Galway zu klingen.

»John Smith«, stellte der Fremde sich vor, wandte sich mit einer energischen Geste an Mick. »Würdest du uns entschuldigen, *Paddy*?«

Erneut hob Mick die Hände, streckte ihm die Handflächen entgegen und wich zurück, ohne ein weiteres Wort zu sagen. Blitzschnell wechselte er einen Blick mit Siobhan und verschwand im Haus.

John Smith ließ Siobhan keine Zeit, sein unhöfliches »Paddy« zu kommentieren. Seine massige Erscheinung in dem perfekt sitzenden Anzug und sein rasierter breiter Schädel schüchterten sie ein. Der Mann war es gewohnt, dass man ihm nicht widersprach.

»Siobhan Keating? Sie sind die Ex-Frau von Declan Callahan?«

Sie nickte und erklärte: »Ich habe nach der Scheidung meinen Mädchennamen wieder angenommen.« Sofort ärgerte sie sich über sich selbst und dachte: *Weshalb erzähle ich ihm das? Ich sollte nicht auf Fragen antworten, die er noch gar nicht gestellt hat, verdammt.*

»Ich setze Sie darüber in Kenntnis, dass sich Ihr verstorbener Ex-Mann leider mit den falschen Leuten eingelassen hat. Mit Terroristen. Er war im Besitz eines Dokuments, das für uns von immenser Wichtigkeit ist. Sollten Sie wissen, wo es sich befindet, muss ich von Ihnen verlangen, es mir auszuhändigen.«

»Ich weiß nicht, wovon Sie sprechen, Mr. Smith.«

Überdeutlich betonte sie den Namen und ließ ihn so

erkennen, dass sie begriffen hatte, dass John Smith nicht sein richtiger Name war.

Er starrte sie sekundenlang an, entnahm dann seiner Brusttasche ein zusammengefaltetes Blatt Papier und reichte es ihr. Siobhans erster Impuls war, es nicht zu nehmen, es unter gar keinen Umständen anzusehen. Widerstrebend nahm sie es trotzdem, mit einem schlechten Gefühl. Es waren gestochen scharfe Kopien von Tatortfotos. Nicht die schwarzweißen Pressefotos, die sie aus der Zeitung in Erinnerung hatte. Sie zeigten das, was der Öffentlichkeit 1996 vorenthalten worden war. Siobhan riss sich zusammen, schloss die Augen und reichte John Smith die Kopie zurück.

»Was habe ich damit zu tun?« Ihre Stimme zitterte.

»Ich wiederhole mich nicht gerne.«

»Ich weiß nichts von einem Dokument. Wie Sie selbst gesagt haben, gehörte es meinem Ex-Mann. Das Ex deutet bereits darauf hin, dass wir getrennt gelebt haben.« Sie holte tief Luft und fügte hinzu: »Er hat es mir kaum mit seinem Testament vermacht.«

»Ich habe keine Zeit für Ihre Scherze. Sie sollten diese Angelegenheit mit dem nötigen Ernst sehen.«

Smith sah sich demonstrativ um, ließ seinen Blick über die Stallungen und die Scheune schweifen. »Wir gehen davon aus, dass jemand aus dem Norden hier auftaucht und nach einer Liste fragen wird.« Wieder griff er in seine Brusttasche, reichte Siobhan eine Karte, auf der nur eine Nummer notiert war. Die Ziffern waren sehr sorgfältig mit der Hand geschrieben. »Sollte jemand auftauchen, rufen Sie mich an. Wir können die Situation sofort klären, alleine sind Sie dazu nicht in der Lage.« Wieder sah er sich um, starrte dann Siobhan ins Gesicht, als könne er ihr genau ansehen, dass sie nicht die Wahrheit sagte.

Die werden darauf trainiert, so was zu erkennen, dachte sie, und ihr Herz begann zu rasen. *Er weiß genau, dass ich lüge. Er sieht es mir an. Was dann?*

In ihrem Kopf war ein wildes Durcheinander tausender Gedanken, ihre Hände wurden gefühllos vor Panik, kalter Schweiß lief ihre Schläfen hinunter. Selbst, wenn sie gewusst hätte, was sie antworten wollte, keinen Ton könnte sie herausbekommen.

Captain war ihre Rettung. Der Jagdhund spürte sehr genau, wenn etwas nicht in Ordnung war. Er sprang an Siobhan hoch, kläffte einmal, setzte sich dann neben sie und fixierte John Smith mit seinen braunen Augen. Unsicher sagte sie schließlich: »Mr. Smith, bitte verlassen Sie mein Grundstück. Ich danke Ihnen, dass Sie sich Sorgen machen, aber bitte gehen Sie.«

Sie beobachtete mit finsterem Gesicht, wie John Smith zu dem protzigen SUV ging, einstieg und vom Hof fuhr.

John Smith lenkte den SUV auf die Zufahrtsstraße, hielt jedoch links an und stellte den Wagen wieder ab. Von dort hatte er Sicht auf die Hofeinfahrt. Dann wählte er eine Kurzwahl.

»Ich habe mit ihr gesprochen«, sprach er in das im Kopfhörerkabel integrierte Mikrofon, »sie behauptet, von nichts zu wissen. Avon, natürlich lügt sie. Sie wusste genau, wovon ich spreche, so nervös, wie sie war. Ich behalte sie im Auge, vielleicht taucht doch noch jemand auf.« Angesäuert wühlte er im Handschuhfach, warf immer wieder einen Blick zur Hofeinfahrt hinüber, dann unterbrach er seinen Gesprächspartner. »Avon, sag mir nicht, wie ich meinen Job zu tun habe. Ich halte die Lady schon auf Trab, damit sie die Namensliste rausrückt. Ich hab in der Nacht den Weidezaun durchgeschnitten.« Endlich fand er die Packung mit Pfefferminzbonbons, die er gesucht hatte und steckte sich eines davon in den Mund.

»Ich melde mich wieder«, sagte er und unterbrach die Verbindung. Er blieb noch zwanzig Minuten, wo er war, beobachtete den Hof und schoss ein paar Fotos. Dann fuhr er nach Letterfrack. Er musste weitere Vorbereitungen treffen.

*

John starrte sie mit aufgerissenen Augen an, als sie ihm von dem Vorfall erzählte. Obwohl Siobhan versuchte, ruhig zu bleiben, konnte sie die Tränen nicht unterdrücken, sie wischte sie mit einer ärgerlichen Bewegung weg.

»Es macht mich wütend«, herrschte sie, »dass ich diesem Arsch so ausgeliefert war. Selbst ein totaler Dummkopf muss gemerkt haben, wie nervös ich war.«

»Verdammt.« John nahm sie fest in den Arm, drückte sie an sich. »Ich hätte es nicht für möglich gehalten.«

Sie brachten die Pferde zurück auf jene Weide, die am weitesten von der Straße entfernt lag. Das schien am sichersten zu sein. Als sie die letzten beiden Tiere auf der Koppel freiließen und beobachteten, wie sie zufrieden grasten, sagte John: »Du willst es ihnen nicht geben?«

»Dazu müsste ich es erst einmal haben.«

»Siobhan, auch wenn der Typ ein Arschloch ist, aber hinter ihm steht die britische Regierung. Sie suchen Terroristen, die Unschuldige auf dem Gewissen haben.«

Mit fest aufeinander gepressten Kiefern starrte Siobhan zu Barney hinüber, dem nichts Besseres einfiel, als seinem besten Freund Home Depot in den Hintern zu beißen. Sie wusste genau, dass John Recht hatte, und obwohl sie seine

Sichtweise verstand, konnte sie es nicht rechtfertigen, unter keinen Umständen. »Du würdest es jedem geben, nur damit Mick es nicht zurückbekommt.«

»Ich bin auch davon überzeugt, dass wir danach wirklich Ruhe haben. Was auch immer sie tun werden, um an diese Namensliste zu kommen, wenn sie sie haben, werden sie sich darauf konzentrieren, die Terroristen zu finden, und wir sind vollkommen uninteressant.«

Sehr langsam drehte Siobhan sich zu John herum und sah ihm auffordernd ins Gesicht. »Du weißt nicht, wer sonst noch auf der Liste steht.« Sie hielt inne. »Vielleicht jemand, den ich kenne? Schon mal daran gedacht, dass Deccy sie auch deshalb mitgenommen haben könnte?«

Dieser Gedanke war John nicht gekommen. Nachdenklich bewegte er sich einige Schritte von Siobhan weg, setzte sich am Rande der Weide ins Gras und begann damit, gedankenverloren Halme abzuzupfen.

»Ich muss akzeptieren, dass sie Methoden anwenden, die ich englischen Beamten in der heutigen Zeit nicht mehr zugetraut hätte, aber es ändert keineswegs meine Einstellung.« Er sah zu Siobhan hinauf, seufzte und streckte ihr die Hand entgegen. Als sie diese ergriff, zog er sie zu sich herunter, und sie ließ sich neben ihn ins Gras fallen.

»Natürlich ist es noch immer deine Entscheidung, es ist dein Haus, und Deccy hat es dir überlassen, das Dokument zu finden.« Siobhan senkte den Kopf und nickte.

Es ist alles gut, solange wir darüber reden können, dachte er. Er ahnte nicht, wie schwierig es werden würde.

Siobhan konnte nicht schlafen. Tagsüber war sie so beschäftigt, dass es ihr gelang, die Angst zu ignorieren, aber sobald sie zur Ruhe kam, setzte das unkontrollierbare Gedankenchaos ein. Mit fest geschlossenen Augen lag sie neben John, einen Arm unter ihren Kopf geschoben, die Beine angewinkelt, nur der Schlaf wollte sich nicht einstellen. Ihr Herz schlug schnell, und ihr Puls pochte überdeutlich in ihrem Kopf. *Digory, Digory, Digory. Was hat Deccy sich dabei gedacht? Weshalb hat er es nicht einfach in ein Bankschließfach gelegt und den Schlüssel deponiert?*

Schließlich stand sie auf, schlich aus dem Schlafzimmer in die Küche hinüber. Sie trank ein Glas Wasser, horchte auf ungewöhnliche Geräusche im Haus. Es war alles still, aber auch das konnte ihre Nerven nicht beruhigen. Im Halbdunkel der Küche entdeckte sie den Bildband, mit dem sie sich abzulenken versucht hatte. Ein altes Buch über traditionelles irisches Design und Möbel. Sie betrachtete nachdenklich die Kommode auf dem Buchcover, und plötzlich war er da. Der Gedanke, der sie elektrisierte.

Wie in Trance setzte sie sich in Bewegung, schließlich schneller und wieder mit rasendem Herzen, aber diesmal nicht aus Panik. Sie sprang zu John ins Bett, kniete neben ihm und rüttelte ihn mit beiden Händen, bis er endlich aufwachte.

»Was? Was ist?«, keuchte er. Er wühlte sich aus der Decke und griff automatisch nach seiner Brille auf dem Nachttisch. Dann schaltete er das Licht ein. Siobhan hockte neben ihm, die Augen glänzend in ihrem geröteten Gesicht.

»John, ich weiß, wo es ist.«

Als sie nicht sofort weitersprach, nickte John ihr ungeduldig zu. Vor Aufregung konnte sie kaum ruhig sitzen.

»Der Hinweis. Digory ist der Name eines Charakters aus

den Chroniken von Narnia. Deccy wusste, dass es als Kind mein Lieblingsbuch gewesen ist. Und was ist der wichtigste Gegenstand in dieser Geschichte?«

John zuckte mit den Schultern. Er kannte nur die grobe Zusammenfassung der Chroniken. Vier Geschwister, zwei Jungs, zwei Mädchen, die in einer fremden Welt Abenteuer erleben. Und etwas mit einer Hexe und einer Straßenlaterne mitten im Wald. Und natürlich, der Löwe. Wie hieß er noch? Aslan. »Doch der Löwe? Müssen wir in irgendeinen Zoo?«

Siobhan verdrehte ungeduldig die Augen.

»Er hat mir nach der Scheidung ein paar der gemeinsamen Möbel überlassen, für die er keinen Platz hatte. Darunter ist auch ein alter Kleiderschrank. Ein Kleiderschrank, genau wie der, in dem die Kinder in die fremde Welt wechseln konnten. Der steht auf dem Dachboden. Das Dokument muss da drin sein.«

Blitzschnell hatte John sich etwas übergezogen, und gemeinsam stiegen sie leise die schmale Treppe nach oben unter das Dach. Unterwegs hielt er sie zurück.

»Warte einen Augenblick. Willst du wirklich Mick das Dokument geben und hoffen, dass damit der Spuk vorbei ist?«

»Darüber denke ich später nach.«

Auf dem Dachboden fiel ihnen der große Bauernschrank sofort ins Auge. Im trüben Schein der nackten Glühbirne, die von einem Dachbalken hing, stand der Schrank mitten in dem Raum. Wegen der Schrägen hatte er an den Seiten keinen Platz gefunden, dort stapelten sich Kisten, Kartons und niedrige Möbel. Während John die Taschenlampe hielt, öffnete Siobhan die Schranktüren und suchte nach einem Umschlag. Sie hebelte die Türen aus und untersuchte jede

Ritze und jeden Spalt in dem Holz. Nichts.

»Ich habe nicht erwartet, dass hier irgendwo ein Brief herumliegt und mich anlacht«, murrte Siobhan verstimmt, »aber der muss doch zu finden sein. Selbst, wenn er klein gefaltet oder aufgerollt ist.«

Mittlerweile hatte sie den Einlegeboden aus dem Schrank genommen und die Kleiderstange entfernt, stand gebückt in ihm und bat John schließlich, ihr die Taschenlampe zu reichen. Während sie die Winkel im Inneren ausleuchtete, immer wieder leise in sich hinein fluchte, umrundete John die Antiquität.

»Siobhan«, flüsterte er, »hier...«

Am Torso der Rückseite waren Ziffern ins Holz geritzt worden, und es machte nicht den Eindruck, als habe der Schreiner sich dort verewigt. Mit offenem Mund starrte Siobhan nach oben, leuchtete die Zahlen an, schoss ein Foto mit ihrem Smartphone.

N53-32-53.175

S9-54-52.421

»Was ist das?", fragte sie.

»Damit kenne ich mich aus.« John fuhr mit dem Zeigefinger über die grob ins Holz geritzten Zahlen. »Das sind Koordinaten.«

Im Internet wurden sie schnell fündig, zu welchem Ort die Koordinaten führten, und augenblicklich zerbrachen sie sich die Köpfe darüber, was sie als nächstes tun sollten.

7

Am nächsten Morgen konnte sich Siobhan nur mit Mühe auf die Arbeit mit den Gästen und den Pferden konzentrieren. Sie hatte kaum geschlafen, war jedoch weder müde noch erschöpft. Wie üblich bereitete John das Frühstück zu, sie trank nur zwei Tassen Tee und sagte, sie habe keinen Hunger.

»Du wirst auf dem Zahnfleisch kriechen, wenn du so weitermachst«, bemerkte John trocken. »Du schläfst kaum noch, lässt das meiste auf dem Teller zurück.«

»Wenn ich Stress habe, macht mein Magen dicht.« Sie zog eine Grimasse, wurde aber sofort wieder ernst.

Ohne eine Erwiderung übernahm John den Abwasch, während Siobhan mit den Gästen die Pferde von der Weide holte. Sie würden den ganzen Vormittag in den Bergen unterwegs sein.

»Ich will die Tour nicht an Donna übergeben«, erklärte sie, bevor sie aufbrachen. »Ich kann die Ablenkung gebrauchen. Und vielleicht bekomme ich dann auch einen klaren Kopf.«

Nachdem sie mit der Gruppe verschwunden war, setzte John sich an seinen Laptop und checkte die Stellenportale, auf denen er sich registriert hatte. Nebenbei hörte er seine geliebten Blues-Songs aus den Dreißigern und summte abwesend vor sich hin. Es gab nichts Neues. Keine Angebote, die ihn sofort angesprochen hätten. Entmutigt klappte er den Computer zu und seufzte. Dann schoss ihm ein Gedanke durch den Kopf. Er sprang auf und klopfte an Micks Zimmertür. Als er keine Antwort bekam, drückte er die Klinke herunter. Das Zimmer war abgeschlossen.

Gut, dachte er, *ich muss nur schnell zurück sein.*

Mit seinem Rover fuhr er vom Hof und traf sich in Letterfrack mit Rory. Rory war zwar im Dienst, aber nicht so beschäftigt, dass er für John keine Zeit gehabt hätte. Sie setzten sich auf eine Bank in der kleinen Parkanlage am Rande Letterfracks, sahen auf den künstlich angelegten See hinaus, betrachteten Enten und Schwäne und tranken Kaffee aus Pappbechern. Das Funkgerät legte Rory neben sich ab. Es blieb eingeschaltet, und er verfolgte mit einem Ohr den Funkverkehr seiner Kollegen.

»Willst du wissen, was ich davon halte? Oder brauchst du meinen Ratschlag, was ihr zwei als nächstes tun solltet?«

John sah Rory an. Auf seiner Stirn zeichneten sich Sorgenfalten ab. Er hatte etwas anderes von Deccys Vater erwartet; weshalb machte er einen solchen Unterschied, wenn es darum ging, in dieser schwierigen Situation zu helfen? John zuckte nur mit den Schultern, worauf Rory erklärte: »Du weißt, was ich von Mick halte. Siobhan weiß das, aber sie wird ihm die Liste geben, um ihn loszuwerden.«

»Ich will ihn auch loswerden, aber ich bin dafür, dass sie an die Behörden geht.« John leerte den Kaffeebecher und stellte ihn neben sich auf die Parkbank. »Du bist selbst Polizist und müsstest doch genauso denken, oder? Ich brauche dich, um Siobhan davon zu überzeugen.«

Rory unterbrach ihn. Er schüttelte den Kopf und erhob sich von der Bank, den Blick auf das quäkende Funkgerät gerichtet.

»John«, sagte er, »ich würde dich in allem unterstützen, aber darin nicht. Du kannst nicht von mir verlangen, dass ich mich gegen meine Schwiegertochter auf deine Seite schlage. Was diese Liste angeht, ist Siobhan sozusagen Deccys Erbin, und sie wird in seinem Sinne entscheiden. Das respektiere ich. Der Polizist in mir hat sich da rauszuhalten.«

Er sah John mit ernstem Gesicht an. »Und du solltest das als ihr Partner respektieren. Der Engländer in dir hat sich da ebenso rauszuhalten. Es ist allein ihre Sache.«

Das war nicht das, was John hören wollte. Aber er konnte Rorys Ansicht auch nicht einfach so vom Tisch wischen. Vielleicht durfte er sich tatsächlich nicht einmischen. Rory nahm das quäkende Funkgerät in die Hand, lauschte, drückte den Sendeknopf und sprach: »Ich bin unterwegs, Dan.« Er steckte es an seinen Gürtel und wandte sich noch einmal an John, bevor er sich auf den Weg machte.

»Überlasse es Siobhan. Aber behalte Mick im Auge. Wenn ihr Hilfe braucht, ruf mich an. Ich muss mich jetzt um Henry kümmern.«

John hob die Augenbrauen. Henry war eine der wenigen Personen in Letterfrack, die ihm noch immer suspekt war. Er half zwar ab und zu auf der Farm, lieferte Heu und Strohballen, aber jeder wusste, dass er seine Finger ständig in schmutzigen Geschäften hatte.

»Ein Kollege hat ihn mit einer Ladung T-Shirts erwischt, die er aus seinem Kofferraum heraus verkauft. So ein Dummkopf.«

Im nächsten Moment war Rory auch schon verschwunden.

*

Siobhan hatte gehofft, sie könne während des Ausrittes auf andere Gedanken kommen. Die Reitgäste waren gut gelaunt und freuten sich auf die Berge und das schwierige Terrain. Sie würden viele Strecken abseits der regulären Reitpfade nehmen, und alle hofften, dass das Wetter mitspielte. Siobhan ritt auf Swiffer voran. Donna schloss die kleine Gruppe ab. Obwohl das noch unerfahrene Pferd ihr in der ersten halben Stunde mit seiner Nervosität Konzentration abverlangte, wanderten ihre Gedanken immer wieder zu der

Liste zurück. Sie wusste, wo das Versteck in den Bergen war, die Koordinaten hatten die genaue Position verraten. Und ihr blieb nicht mehr viel Zeit. Der Kerl vom britischen Geheimdienst würde wiederkommen. Allein der Gedanke daran und das Wissen, zu was Engländer, insbesondere exekutive Beamte, in der Lage waren, um in Irland ihre Ziele zu erreichen, ließ sie frösteln.

Mit nur einem Ohr verfolgte sie die fröhlichen Dialoge zwischen Donna und den Damen. Insgeheim reifte in ihr die Überzeugung, was zu tun war. Als sie nach zwei Stunden eine Pause einlegten, nahm sie Donna beiseite.

»Reitest du bitte mit den Mädels allein zurück? Nehmt den Weg am See vorbei, der ist einfacher. Ich muss noch etwas erledigen.«

Sie zögerte bei dem letzten Wort, aber Donna nickte und stellte keine Fragen. Sie glaubte zu wissen, was Siobhan vorhatte. Sie würde sicher nach Deccys Gedenkstein in den Bergen sehen wollen und dabei gerne allein sein. Siobhan ritt den Weg zurück, bog dann allerdings in eine andere Richtung ab. Nicht zum Gedenkstein, sondern tiefer und tiefer in den Nationalpark hinein.

Deccy hatte das Versteck gut gewählt. Im Herzen des Parks war es so einsam, dass nicht einmal mehr Wege in die Anhöhen führten. Sie lotste sich an die exakte Stelle auf dem Hügel mit Hilfe jener App, die sie am Morgen auf ihr Smartphone geladen hatte.

Unter einem großen abgeflachten Stein, den sie nur mühsam bewegen konnte, fand sie eine in Plastik eingeschweißte Metalldose. Sie war nicht größer als eine Zigarettenschachtel. Mit klopfendem Herzen setzte sich Siobhan auf den Stein und starrte auf das Behältnis in ihren

Händen. Der heftige Wind zerrte an ihrer Kleidung und an ihrem Haar. Neben ihr schnaubte Swiffer und hob angespannt den Kopf. Hier oben gab es nichts außer Geröll und kurzem Gras. Allein mit sich, dem Pferd und einem dramatisch bewölkten Himmel, war ihr Irland so nah wie selten.

Mit ihrem Taschenmesser schnitt sie die Plastikfolie auf und öffnete vorsichtig die Büchse. Im Inneren lagen zwei Briefumschläge, die sorgfältig so klein gefaltet worden waren, um in ihr Platz zu finden. Sie erkannte sofort Deccys Handschrift. Auf dem einen stand:

Eigentum Sorley O Cearnaigh

Auf dem anderen stand ihr Name.

Siobhan

Swiffer war erschöpft, als sie Stunden später wieder den regulären Reitweg erreichten. Es war das erste Mal, dass er allein eine solche Strecke bewältigte. Er hatte seine Sache gut gemacht. Siobhan ließ ihn am langen Zügel Richtung Stall schlendern, während sie ihren Gedanken nachhing.

In den Bergen hatte sie hemmungslos geweint, nachdem sie Deccys Brief gelesen hatte, nun war sie ebenso erschöpft wie Swiffer, aber auch beruhigt. Den Briefumschlag, der die Namensliste enthielt, hatte sie hingegen nicht geöffnet. Er steckte in der Innentasche ihrer Reitweste. Dort würde er bleiben, bis sie sich entschieden hatte.

Nachdem das überstanden war, genoss sie den gemütlichen Ritt heim. Sie liebte die irische Landschaft, obwohl diese Liebe immer mit ein wenig Bitterkeit verbunden war. Die Familie Keating, seit Generationen in Letterfrack ansässig, hatte den Hof früher mit Milchkühen betrieben. Ihre Eltern waren vor Jahren nach Kerry gezogen,

Siobhan hatte den Hof übernommen und statt Milchwirtschaft den Reitbetrieb eröffnet. Während ihre Eltern Connemara keine Träne nachweinten, jener Gegend voller Armut und Tragödien, konnte Siobhan sich dagegen nicht vorstellen, anderswo zu leben.

Jetzt allerdings war sie damit beschäftigt, über Deccy nachzudenken. Warum er nie mit ihr gesprochen hatte, wohin er damals verschwunden war und was er in den Jahren gemacht hatte. Nur ausweichende Scherze statt einer ehrlichen Antwort, so sicher, dass es nie jemand herausfinden würde.

Immer wieder hatte sie Deccys Nachricht gelesen, bis sie die Zeilen fast auswendig kannte. Vor ihrem geistigen Auge sah sie, wie Deccy den Brief an seinem Küchentisch schrieb. Vielleicht saß er dabei auch an dem staubigen Schreibtisch in der Ponystation, denn die Zeilen waren nicht datiert, sie konnte nicht sagen, wann er sie geschrieben hatte und zusammen mit der Namensliste oben in den Bergen versteckte.

Siobhan, mein Herz.

Wundere dich nicht über diesen Brief und darüber, dass ich es dir nie persönlich gestehen konnte. Ich habe mich in der Vergangenheit zu Dingen überreden lassen, von denen niemand, nicht einmal du, etwas wissen durfte.

Vermutlich bin ich tot, wenn du diese Nachricht liest. Ich wollte dich nie belügen, aber ich traute mich nicht, dir zu beichten, was ich in den Jahren getan habe, in denen ich verschwunden war.

Du bist noch immer die Liebe meines Lebens, das wird sich nie ändern. Dass es mit uns nicht geklappt hat, war meine Schuld, ich wusste es einfach nicht besser. Ich möchte nur, dass du mich in guter Erinnerung behältst. Während ich das hier schreibe, denke ich an dich, an dein leuchtendes rotes Haar.

Egal, was du über mich hören wirst, ich habe niemanden verletzt oder getötet. Sollte jemand auftauchen, der sich Sorley O Cearnaigh nennt, so vertraue ihm. Ich besitze ein Dokument von ihm, welches er irgendwann zurückfordern wird. Er war stets auf meiner Seite, wenn es auch nicht immer so aussah.

Und trotzdem hoffe ich von ganzem Herzen, dass du diesen Brief niemals wirst lesen müssen, sondern dass ich in enger Freundschaft einhundert Jahre alt mit dir werden kann.

Deccy

Donna sah ihrer Freundin sofort an, dass sie geweint hatte. Sie nahm sie stumm in den Arm und drückte sie. Siobhan genoss diesen kurzen Moment der ehrlichen Anteilnahme, obwohl Donna den wahren Grund nicht kannte.

»Es geht schon wieder«, sagte sie mit einem Seufzer.

»Ich muss los, die Mädchen abholen«, erwiderte Donna, »ruf an, wenn du mich brauchst. Für den Trail oder auch nur zum Quatschen.«

Die Gäste hatten ihre Pferde bereits selbst versorgt und wieder auf die Weide gebracht. Siobhan hörte sie durch die offenstehende Haustür im Haus diskutieren, auf welche Weise sie den Abend verbringen wollten.

Es beruhigte sie, dass ihre Urlauber zufrieden wirkten, zumindest das war positiv. Auch wünschte sie, noch mehr Buchungen für den Rest des Sommers zu haben. Wenn es ganz schlecht lief, müsste sie ein oder zwei Pferde verkaufen. Sie war tief in Gedanken versunken, während sie Swiffer absattelte und putzte. Als sich plötzlich eine Hand auf ihre Schulter legte, wirbelte sie mit einem Aufschrei herum und starrte in Micks grinsendes Gesicht.

»Du hast dich gut geschlagen bei Mr. Smith«, sagte er.

Er strich über Swiffers Kruppe und klopfte ihn. Siobhan sah ihn zweifelnd von der Seite an. *Meinte er das ernst?*

»Wirklich?«

»Resolut von deinem Hausrecht Gebrauch gemacht und ihn rausgeschmissen, alle Achtung.«

»Ja …«, erwiderte sie und schob ihre Hände in die Seitentaschen der Weste. Ihre Finger tasteten nach den Umschlägen, die sie durch den dünnen Stoff der Taschen fühlen konnte.

Mick war diesem Dokument so nahe und ahnte es nicht einmal. Ihr schoss es durch den Kopf, ob Mick wirklich identisch mit Sorley oder nur ein Lügner war, der die Aufstellung an sich bringen wollte.

»Unser Mr. Smith meinte, ich solle ihn anrufen, wenn hier jemand auftaucht und nach der Liste fragt.« Sie sagte es mit einem Grinsen und beobachtete aufmerksam Micks Reaktion. Der jedoch hatte sich unter Kontrolle, zwinkerte nur und sah sich demonstrativ auf dem Hof um, als suche er nach einem solchen Mann.

Der Brief mit der Aufschrift *»Eigentum Sorley O Cearnaigh«*, den sie durch die Tasche hindurch an ihren Fingern spürte, schien immer heißer zu werden. Sie zog die Hand weg und löste den Strick vom Balken, an dem Swiffer angebunden war. Er folgte ihr bereitwillig, als sie ihn über den Hof Richtung Weide führte. Mick begleitete sie, ging auf der anderen Seite des Pferdes.

»Ich brauche dein Ehrenwort, dass du uns hilfst. Ich kann dir die Namensliste geben.«

»Sobald du sie gefunden hast.«

Siobhan wartete einen Herzschlag lang und erwiderte:

»Ich weiß inzwischen, wo sie ist.«

Mick legte die Hand an Swiffers Halfter, und der Wallach blieb sofort stehen. »Mein Ehrenwort«, sagte er. »Ich bin Ire. Ich halte, was ich verspreche.«

Er ließ Swiffer los und blieb zurück, als Siobhan mit dem Pferd in Richtung Weide ging. Als sie hörte, dass er zum Haus ging, drehte sie sich um und rief: »Sorley?«

Und als sich Mick spontan zu ihr umdrehte, grinste sie ihn nur an.

Am Abend saßen Siobhan und John in der Küche, John arbeitete an seinem Laptop, während Siobhan auf ihrem Smartphone ihre E-Mails las.

»Ich hab hier eine Anfrage von einer Familie aus den USA«, murmelte sie, »aber die Kinder sind zu klein für den Trail. Und sie wollen ein Hotel buchen. Das muss ich leider absagen.«

Sie sahen auf, als die Damen lachend und plaudernd ins Haus zurückkamen. Diese blieben auf dem Weg in ihre Zimmer an der offenen Küchentür stehen.

»Wir sind an dem weißen Cottage vorbeigekommen«, sagte die Deutsche, und Siobhan wusste sofort, von welchem Cottage sie sprach. Jenes an der Straße nach Letterfrack mit seiner weißen Fassade und urigem Reetdach, mit einem sehr gepflegten Garten, in dem jeder Strauch und jede Blume sorgfältig arrangiert waren. Egal, wann man an diesem Haus vorbeikam, es lag niemals Laub auf dem Kiesweg, kein vertrocknetes Blatt hing an den Bäumen.

»Ah«, sagte Siobhan und legte das Smartphone beiseite, »das Deutschhaus.« Die beiden Damen quiekten auf und schlugen sich in die Hände.

»Das Ehepaar hat das Cottage vor ein paar Jahren gekauft und es restauriert. Ich glaube, die leben von einer guten heimischen Rente und stecken alles in ihr Haus.«

»Wir wussten es! Das ist so übertrieben ordentlich, dass es nur wie bei uns sein konnte. Und diese weißen Gartenzwerge überall.« Sie verdrehten die Augen.

John grinste in sich hinein, als er über diese Bestätigung internationaler Klischees nachdachte. Die Deutschen galten noch immer als peinlich ordentlich. Und die Iren? John erlebte es um sich herum jeden Tag. Bei allen Farmern war es üblich, Fahrzeuge, Geräte und Gebäude so gut wie möglich in Schuss zu halten. Sie wurden bis zuletzt so lange mit unkonventionellen Hilfsmitteln repariert, bis es nicht mehr ging. Aus diesem Grund fanden sich Europaletten als Zaunersatz, Strohkordeln als Transportsicherungen oder alte Wolldecken als Wärmedämmung bei Heizrohren wieder.

»Gehen wir doch morgen mal vorbei und klingeln«, sagte eine Belgierin, »vielleicht werden wir zu einem guten deutschen Kaffee eingeladen.« Die Frauen bedankten sich für den fabelhaften Tagesritt und gingen in ihre Zimmer.

Siobhan rückte näher an John heran und strich leicht über seinen Unterarm. Er schaute amüsiert auf seine Gänsehaut und klappte den Laptop zu.

»Kommst du mit, die Pferde füttern?«

Während John die kleinen Heuballen über den Zaun warf, stand Siobhan auf der anderen Seite zwischen den wartenden Tieren und verteilte große Portionen Heu auf der Weide. Immer wieder schoben sich Wolken vor den abnehmenden Mond, der fahle Schimmer verwandelte Landschaft und Tiere in graublaue Schatten. In diesem Zwielicht trug der Wind ferne Geräusche an sie heran. Das Zirpen von Insekten, Hundebellen, Rufe von Kühen und Schafen. Einen Moment nur waren John und Siobhan abgelenkt und lauschten den Tönen des Abends.

»Da«, flüsterte Siobhan, »da ist er wieder.«

Sie schob das letzte Heu mit dem Fuß zusammen, zeigte dann über die Weide hinweg bis zu einer Gestalt hinüber, die sich in Zick-Zack-Bewegungen zwischen den Pferden bewegte. Diese blieben ruhig, ignorierten das hundeähnliche Tier mitten unter ihnen. Es war ein Dachs, der in der Dämmerung auf Nahrungssuche ging. Ohne ihn aus den Augen zu lassen, wisperte John zu Siobhan hinüber: »Gehen wir mal wieder auf einen Drink in den Pub?«

»Gute Idee, ja.«

Siobhan warf einen letzten Blick über die Pferde, die im schwachen Licht zu fressen begannen. Sie stieg durch den Zaun zu John hinüber, der ihr galant die Hand reichte und sie an sich zog.

»Ich muss dir noch etwas sagen«, setzte Siobhan an. »Ich habe mich heute von der Gruppe abgesetzt und bin allein in die Berge geritten.«

»Warst du bei Deccys Stein?«

»Nein, ich habe die Liste geholt.«

John ließ ein langgezogenes Brummen hören. Er hatte nicht geplant, mit ihr in die Berge zu reiten, um das Versteck aufzusuchen, aber er mochte auch nicht überrumpelt werden.

»Ich dagegen habe mit Rory gesprochen«, erwiderte er, »ich wollte von ihm wissen, was er von der Sache hält.«

Er hatte es kaum ausgesprochen, als ihm bewusst wurde, was sie hier veranstalteten. Siobhan hatte die Liste geholt, ohne mit ihm darüber zu reden. Er hatte ohne ihr Wissen versucht, Rory auf seine Seite zu ziehen. Die ganze Situation erschien ihm plötzlich so absurd, dass er sich ihr entziehen wollte. Andererseits wusste er instinktiv, dass das nicht der richtige Weg war.

»Lass uns auf ein Bier in den Pub gehen«, sagte er, griff nach ihrer Taille und drückte sie an sich, »dann besprechen wir, was mit der Liste geschehen soll.«

»Ich habe mich bereits entschieden«, sagte Siobhan.

Sie saßen an einem der kleinen Tische im Mary's Red Roses, tranken Guinness und Cider. John prostete ihr zu, nahm den ersten Schluck und fragte: »Und?«

Sie suchte nach den richtigen Worten. Dann sah sie ihn ernst an. »Mick soll sie zurückhaben. Deccy hat sie ihm damals gestohlen, und wenn er noch hier wäre, würde er dafür sorgen, dass er sie bekommt.«

Sie sagte es sehr ruhig und sah John zwar an, dass er damit nicht einverstanden schien, hoffte aber, er könne begreifen, dass sie die richtige Entscheidung getroffen hatte. Davon jedenfalls war sie überzeugt. Doch sie sah Unmut und Enttäuschung in Johns Gesicht, als er schließlich fragte:

»Wann gibst du sie ihm? Morgen früh?«

Ihre Hand wanderte über den Tisch zu seinem Arm, blieb auf seinem Handrücken liegen. Automatisch drehte er sie, umfasste sanft ihre Finger. Rory betrat den Pub und lenkte sie ab, er begrüßte die Gäste und setzte sich an die Theke. Er schaute flüchtig in ihre Richtung, beugte sich zu Ian, dem Barkeeper, hinüber und unterhielt sich mit ihm.

John wandte sich wieder Siobhan zu und ahnte bereits, was sie sagen würde. Ein flaues Gefühl machte sich in seinem Magen breit.

»Deccy hat das Dokument in einer eingeschweißten Metalldose versteckt und einen Brief an mich dazugelegt.«

Sie schluckte, und ihr Blick wanderte zwischen ihren Händen und Johns Gesicht hin und her. »Darin war eine Entschuldigung, dass er mir nie die Wahrheit gesagt hat. Die ganzen Jahre nagte das an seinem Gewissen, und ich war ahnungslos.«

John spürte seine innere Unruhe wachsen und rutschte auf dem Stuhl hin und her, ohne allerdings Siobhans Hand loszulassen. Und wenn er die Frage wiederholen müsste, er wollte ihre Antwort hören. Der Ton war leise, er wagte es nicht, die Stimme zu heben.

»Wann gibst du ihm das Dokument? Morgen früh?«

»Ich habe es ihm bereits gegeben.«

Siobhan griff nach ihrem Glas und nahm einen Schluck.

John sah sie mit großen Augen an.

Es wäre besser gewesen, ihn vorher einzuweihen, dachte sie, *aber dann hätte er versucht, es mir auszureden.*

»Er ist schon abgereist. Vielleicht sehen wir ihn nicht mehr wieder.«

»Das ist jetzt nicht dein Ernst.« Langsam zog John die Hand weg und schob den Stuhl ein Stück zurück.

»Wir wollten darüber sprechen, was wir machen. Du hast ihm die Liste gegeben, und er ist verschwunden. Hervorragend! Damit ist schon verhindert, dass er und seine … Freunde« Er betonte das Wort *Freunde* so, dass es wie Komplizen klang, »ihre gerechte Strafe bekommen.«

Johns Stimme war ein Zischen. Ihre Unterhaltung war immer noch leise, sie hatten kaum die Lautstärke angehoben, aber die Atmosphäre zwischen ihnen wurde so angespannt, dass es die Gäste um sie herum dennoch bemerkten. Die Gespräche verstummten, alle musterten die zwei aus den Augenwinkeln heraus. John verschränkte die Arme und lehnte sich auf dem Stuhl zurück, das Kinn auf die Brust gedrückt.

Heilige Maria, Mutter Gottes, dachte Rory, beobachtete die beiden von der Theke aus. Er hatte John bislang noch nicht wütend erlebt, aber er wusste, wie Siobhan die Beherrschung verlieren konnte. Und so, wie sie in diesem Moment aussah, stand sie kurz davor.

»Gerechte Strafe?« Jetzt wurde sie lauter.

»Das war meine Entscheidung, John. Egal, was er vor Jahren getan hat, ich trage nicht dazu bei, dass er und die anderen ausgeliefert werden.«

Mit dem Zeigefinger tippte sie im Rhythmus der Silben

auf die Tischplatte. Als John demonstrativ Luft holte, um etwas zu erwidern, fuhr sie ihn unbeherrscht an.

»Und ich weiß genau, was du jetzt sagen willst. Du kannst es dir sparen. Es war meine Entscheidung, und darüber diskutiere ich nicht.«

John erhob sich langsam vom Tisch. Es war das erste Mal, dass sie ihn so wütend und gleichzeitig sprachlos erlebte. Sein Gesicht gerötet, die Lippen zusammengepresst, bemühte er sich, die Fassung zu wahren. Das Einzige, was er dann sagte, war: »Ich gehe mal eben zwei Minuten vor die Tür, bevor ich mich im Ton vergreife« und verschwand.

Siobhan blieb wie erstarrt am Tisch sitzen. Sie erinnerte sich an Streitereien mit Deccy bis aufs Blut. Dabei hatten sich beide benommen, als wollten sie sich nur abreagieren. Danach, wenn alles gesagt und herausgeschrien war, kehrte wieder Ordnung ein. Mit John funktionierte das so nicht. Er benahm sich wie ein Gummiball, in den man hineintreten konnte und der ihre Attacken schluckte. Das machte sie rasend, und sie explodierte, als Rory herantrat und fragte:

»*Love*, ist dein Temperament mal wieder mit dir durchgegangen?«

Sie sprang hoch, knallte mit den Oberschenkeln an die Tischplatte, die Gläser kippten um und rollten herunter. Ihr Zerspringen wurde von Ian mit einem »Tadaa« kommentiert. Sie ignorierte es, stürmte an die Theke, gefolgt von Rory, der sie zu beruhigen versuchte.

»Weshalb versteht er das nicht?« Ihre Stimme bebte vor Aufregung. »Weshalb versteht er *mich* nicht? Er hätte es am liebsten gesehen, dass der MI5 hier einfällt und alle zu Klump schießt. Engländer halten ja doch immer zusammen, aber wir tun das auch.«

Sie drehte sich zur Tür, aus der John den Pub verlassen

hatte. »Up yours!« Sie wirbelte wieder herum, starrte die anwesenden Gäste herausfordernd an. »Ja, oder nicht? Er kann von Glück sagen, dass er so freundlich hier aufgenommen wurde. Sie haben uns so lange ausgebeutet und ausgeplündert. Habt ihr schon vergessen, dass es seine Schuld war, was mit Deccy passiert ist?«

Bei den letzten Worten schossen ihr die Tränen in die Augen, weil sie wusste, damit zu weit gegangen zu sein.

Ian kehrte sehr bedächtig die Glasscherben zusammen, wischte mit dem Mob die Bierlachen weg. Als er hinter der Theke das Glas in den Abfalleimer fallen ließ, sah er zu Siobhan hinüber und sagte:

»Daran hatte niemand Schuld, es war ein Unfall.«

Siobhan stemmte sich mit beiden Händen an den Tresen und beugte sich ihm entgegen, ignorierte Rory, der neben ihr stand und sie sanft an der Schulter berührte.

»Die Engländer hatten auch keine Schuld an der Kartoffelfäule, aber es war ihr Verbrechen, dass es nur noch Kartoffeln gab«, herrschte sie.

»Es ist gut jetzt«, sagte Rory. Sein Griff an Siobhans Schulter wurde fester, väterlich bestimmt, und endlich drehte sie sich herum. Durch den totenstillen Raum sah sie John in der Tür stehen. Regen hatte eingesetzt. Er war unbemerkt in den Pub zurückgekommen, um nicht vollkommen nass zu werden, denn er war ohne Jacke hinausgestürmt. Nun stand er mit tropfendem Haar im Pub, nahm die beschlagene Brille ab, wischte sie am Saum seines Hemdes trocken und setzte sie wieder auf.

»John«, begann Siobhan, bedeckte ihren Mund mit der Hand. Er blieb stumm, nickte zu Ian hinüber, nahm seine Jacke von der Garderobe und drehte sich zur Tür herum.

Er wünschte sich, er wäre nicht zurück in den Pub

gekommen, um diese Worte zu hören. Wieder im Regen, den er nun kaum noch wahrnahm, stand er ein paar Sekunden da, wartete, ob Siobhan ihm folgte. Aber er blieb allein vor dem Mary's Red Roses.

Er marschierte los, ohne sich noch einmal umzudrehen, ohne einen Moment zu zögern.

Siobhans Herz wollte ihm nachlaufen und sich entschuldigen, aber ihr Körper tat es nicht. Sie war wie versteinert, als ihr klar wurde, was sie angerichtet hatte. Steif setzte sie sich auf einen Barhocker. Rory kratzte sich am Kopf und murmelte: »Ob er dir das verzeiht?«

Von der anderen Seite des Tresens fügte Ian hinzu: »Ich hätte dir vor allen Leuten den Hintern versohlt.«

Siobhan schloss die Augen und ließ verzweifelt die Stirn auf die Theke sinken. Sie hob ihren Kopf erst wieder, als etwas mit einem klirrenden Ton neben ihr abgestellt wurde. Ian hatte ihr einen fingerbreit Whiskey vor die Nase gestellt. Sie nahm ihn, kippte den Inhalt hinunter, verzog das Gesicht und erhob sich. Ihre Wut war plötzlich verflogen wie kalte Asche. Sie griff nach ihrer Jacke und Handtasche und stürmte aus dem Pub.

Die Straße war regenüberflutet. Siobhan versuchte, ihre Jacke während des Laufens überzuziehen, aber die Ärmel verdrehten sich im heftigen Wind, und so blieb sie außer Atem stehen, zog sie über und rannte weiter. Ihre Füße steckten in den ungewohnten Pumps mit kleinen Absätzen, die sie bei jedem Schritt zu verlieren drohte. Irgendwann verlor sie die Geduld und zog sie aus.

So bin ich schneller, dachte sie, *ich hole John ein, er hat vielleicht zehn Minuten Vorsprung und dann …*

Ja, was dann? Sie wusste, dass sie sich entschuldigen

musste, aber es würde ihr schwer fallen, die richtigen Worte zu finden. Je länger sie darüber nachdachte, was sie in ihrer dummen Wut herausgeschrien hatte, umso mehr Zweifel kamen ihr daran, dass John ihr verzeihen konnte.

Immer wieder trat sie mit ihren nackten Füßen auf spitze Steinchen, rannte humpelnd weiter und war völlig außer Atem, als sie den Hof erreichte. Johns Rover stand noch vor der Scheune, das beruhigte sie.

Im Haus rief sie nach ihm, aber er antwortete nicht. Aga erschien in der Küchentür und auf Siobhans Frage, wo John sei, sagte sie: »Ihr seid doch zusammen in den Pub gegangen.«

Ihr wurde eiskalt, ihr Gesicht fühlte sich schlagartig gefühllos an. John war verschwunden.

8

»Was ist denn passiert, um Himmels Willen?«

Donna reichte ihrer Freundin die Tasse Tee, setzte sich neben sie auf die Couch. Siobhan zog sich das nächste Taschentuch aus einer Packung, putzte sich die Nase und seufzte.

»Die verdammte alte Feindschaft zwischen Iren und Engländern«, erklärte sie. »Ich habe meine Kontrolle verloren. Er hat mich so wütend gemacht.«

Sie brach rechtzeitig ab, als ihr klar wurde, dass sie versuchte, ihm die Schuld daran zu geben. Donna sah sie mit offenem Mund an.

»Das war doch nie ein Thema zwischen euch, oder? Das hätte ich bestimmt mitbekommen. Hast du mal wieder den Zeitpunkt für die ehrliche Entschuldigung verpasst?«

Statt einer Antwort nippte Siobhan an ihrem Tee, starrte mit leerem Blick vor sich hin. Natürlich traf Donnas Vermutung zu, sie kannten sich gut genug.

»Wo ist er hin? Hat er dir keine Nachricht hinterlassen?«

»Er hat nicht einmal ein paar Sachen zusammengepackt oder den Wagen genommen. Nur seine Brieftasche und das Smartphone.« Siobhan erwiderte Donnas Blick und setzte hinzu: »Ich habe alle fünf Minuten versucht, ihn zu erreichen. Zuerst ging immer die Mailbox an, später hat er die auch abgeschaltet.«

In der Nacht schlief sie kaum, eine innere Unruhe trieb sie sehr früh aus dem Bett. Erst, als Donna endlich auf den Hof kam, gelang es ihr, einen klaren Gedanken zu fassen.

»Ich muss einfach abwarten, bis er sich meldet. Selbst, wenn er mich anschreit und verflucht, ist das besser als diese Ungewissheit.«

Für den ganzen Tag wurde Regen und Sturm angesagt, deshalb beschlossen die Gäste einen Trip nach Galway, bevor sie am Wochenende wieder abreisen mussten.

»Kümmern wir uns um die Pferde«, sagte Donna, »dann kommst du auf andere Gedanken. John wird sich entweder melden oder zurückkommen. Er wird bestimmt nicht zu Fuß zum Flughafen gelaufen sein.«

Natürlich nicht, dachte Siobhan. *Aber mit seiner Kreditkarte kann er sich ein Taxi bestellt und einen Flug nach London genommen haben. Wo sollte er sonst hin? Wenn er nicht zurückkommt, was mache ich dann?*

Sie brachte die morgendliche Heuration auf die Weiden, und als sie die leere Karre zum Stall zurückschob, kam ihr ein Gedanke. Sie rief Martha vom Village Inn an. Da ihr Streit mit John im Mary's Red Roses im Dorf längst die Runde gemacht hatte, hielt sie mit der Begründung ihrer Frage nicht hinter dem Berg.

»Ich weiß nicht, wohin John verschwunden ist nach unserem Streit«, sagte sie, »hat er sich vielleicht bei dir ein Zimmer genommen? Oder hast du etwas von ihm gehört?«

Martha konnte nicht weiterhelfen. Umso mehr wuchs ihre Überzeugung, dass John längst wieder in London war. Ein weiteres Mal schossen ihr Tränen in die Augen, sie wischte sie mit dem Jackenärmel weg und atmete energisch durch. Auf dem Hof sah sie Donna und Henry am Tor stehen, hob die Hand und grüßte zu dem Mann hinüber. Als sie sich den beiden näherte, hörte sie Donna sagen: »Das sagst du ihr am Besten selbst.«

Henry sah Siobhan nervös an, als diese die Augenbrauen hochzog und die Fäuste in die Seiten stemmte.

»Ich habe John nach Clifden gefahren. Er ist gestern Abend im Regen auf der Straße vor mir hergelaufen, und ich wollte ihn einfach mitnehmen. Ich dachte, sein Wagen sei liegengeblieben.«

»Was will er in Clifden?«

Auf diese Frage zuckte Henry nur mit den Schultern, und Donna sprach aus, was Siobhan sofort in den Kopf schoss.

»Wenigstens ist er nicht nach Knock zum Flughafen.«

»Er machte einen sehr ruhigen Eindruck«, erklärte Henry, »so ruhig, dass ich ihn zweimal fragen musste, bevor er antwortete. Er war vollkommen in Gedanken.«

Das wunderte Siobhan nicht. Sie konnte sich gut vorstellen, was ihm alles durch den Kopf gegangen sein musste, aber es blieb ihr ein Rätsel, weshalb er sich für Clifden entschieden hatte. Sofern Henry die Wahrheit sagte und John ihn nicht nur einfach gebeten hatte, ihr eine falsche Fährte zu nennen.

*

Mittags waren die Pferde versorgt, gemeinsam mit Aga hatte Siobhan die Gästezimmer sauber gemacht, und nun fuhr sie mit ihrem Wagen in den Tesco Supermarkt. Sie musste für das nahende Wochenende einkaufen, denn sie verabschiedete ihre Gäste am letzten Trailtag traditionell mit einem Barbecue.

Als sie den vollgepackten Einkaufswagen von der Kasse Richtung Ausgang schob, die Kreditkarte zwischen die Schneidezähne geklemmt, um beide Hände freizuhaben, stand Mr. Smith plötzlich vor ihr, lächelte sie an und sagte:

»Guten Tag, Mrs. Keating.«

Siobhan erschrak, schob die Karte in die Fronttasche ihrer Reithose und erwiderte: »Ja?«

Diesmal trug Smith eine Jeans und ein dunkelblaues

Jackett, die verspiegelte Sonnenbrille steckte in seinem Hemdkragen, und er hielt eine Plastiktüte mit Äpfeln in der Hand. Bei einem nur flüchtigen Blick unterschied er sich kein bißchen von den üblichen Bewohnern und Gästen in Letterfrack. Siobhan trat einen Schritt zurück.

»Ich habe fest mit Ihrem Anruf gerechnet.«

»Es gibt nichts zu sagen.« Siobhan erinnerte sich an Micks Worte. *Du hast dich gut geschlagen.* Was konnte ihr hier mitten im Supermarkt passieren?

»Ich hatte Sie für schlauer gehalten.«

Sie sah ihm fest ins Gesicht, obwohl ihr Herz raste und sie fühlte, wie eine Ader an ihrer Schläfe sichtbar pochen musste.

»Ich bin zumindest so schlau, dass ich das Dokument gefunden habe. Aber Sie werden es nicht in die Finger bekommen. Ich besitze es nicht mehr.«

Mr. Smith lächelte sie an, seine Mundwinkel zogen sich nach oben, die Augen jedoch blieben ausdruckslos.

Siobhans Unsicherheit verwandelte sich schlagartig in Wut; der Kerl hatte Schuld, dass John verschwunden war, und dieser plötzliche Gedanke schaltete alles andere in ihrem Kopf aus.

»Sorgen Sie dafür, dass Sie es zurückbekommen.«

Er machte einen Schritt auf sie zu, nahm ihren Arm in einer scheinbar freundlichen Geste, aber Siobhan spürte seinen harten Griff an ihrem Oberarm. Er flüsterte ihr ins Ohr: »Sie möchten doch nicht, dass etwas Schlimmeres mit ihren Tieren passiert, oder? Das möchten Sie doch sicher nicht.«

»Nein«, erwiderte Siobhan. Dann wandte sie ruckartig den Kopf und schrie zu der Kassiererin hinüber, bei der sie ihre Einkäufe bezahlt hatte: »Claire! Der hier behauptet, ich habe eben was mitgehen lassen! Wer ist das, kennst du den?«

Um sie herum erstarrte alles. Die Kunden unterbrachen ihre Gespräche, vergaßen für einen Moment, ihre Einkäufe in die Plastiktüten zu packen. Claire, die direkt angesprochen worden war, drückte auf einen Knopf neben ihrer Kassenlade, und durch den Verkaufsraum hallte ihre Stimme über Lautsprecher: »Anthony, bitte zur Kasse zwei.«

Mr. Smith konnte sich ausrechnen, wer *Anthony* war. Entweder der Marktleiter, der sofort die Garda rufen würde, oder einer der Männer vom Sicherheitsdienst.

»Das war keine gute Idee«, sagte er bedauernd, ließ Siobhan los und marschierte durch die automatische Tür hinaus. Siobhan hob die Hand Richtung Claire und rief: »Es war nur ein Missverständnis, danke dir.«

Sie fürchtete, Smith könnte sie an ihrem Wagen noch einmal abfangen, aber er war nicht mehr zu sehen.

Der Dreckskerl hat die Pferde von der Weide gelassen, ging es ihr durch den Kopf, *und jetzt werde ich mir etwas einfallen lassen müssen*. Zum ersten Mal seit Stunden dachte sie nicht an John.

*

Den Ausritt am letzten Tag übernahm Siobhan wieder selbst, nicht nur, um sich abzulenken, sondern um für ihre zahlende Kundschaft da zu sein. Sie lebte von ihren treuen Reitgästen und konnte es sich nicht leisten, diese zu vernachlässigen. Gemeinsam mit Donna würde sie sich um die Vorbereitungen des Barbecues kümmern, auch wenn sich ihr bei dem Gedanken an Grillfleisch der Magen umdrehte. Noch immer versuchte sie vergeblich, John zu erreichen, aber aus ihrer Verzweiflung wurde langsam Resignation. Sie nahm Magentabletten und hoffte, dass sie halfen.

Irgendwann.

Rory erwies sich wieder einmal als Retter in der Not. Sie erzählte ihm, dass sie sich Gedanken über Nachtwachen bei den Pferden und auf dem Hof machte, und er überlegte nur zwei Sekunden lang.

»Überlasse das mir«, sagte er.

Wieder und wieder stahl John sich in ihre Gedanken. Bald betrachtete sie die hässliche Szene im Pub nur noch aus seiner Perspektive. Sie sah sich selbst wie eine Furie herumpoltern, John verwünschend, und immer deutlicher führte sie sich vor Augen, wie sehr sie ihn verletzt hatte.

Aber ich meinte doch nicht ihn, dachte sie, *das musste er doch wissen.*

Im Garten präparierte sie den gemauerten Grill für den frühen Abend, wischte sich die Finger an der Reithose ab und hinterließ schwarze Kohlenstaubspuren auf dem Stoff. In Gedanken ging sie noch einmal ihre Checkliste durch, ob sie an alles gedacht hatte. Das Fleisch lag in der Kühltruhe, die Getränke auf Eis, Schüsseln mit Salate und Dips standen in der Küche. Aga hatte auch diesmal ihre Küchenkünste bewiesen. Rory wollte wie früher den Grill bedienen und vermutlich wieder so viel Bier trinken, dass sie ihn nicht nach Hause fahren lassen durfte. Beim letzten Grillabend hatte John am Grill gestanden und perfekte Steaks zubereitet.

Siobhan seufzte. Es tat so verdammt weh.

Sie hoffte, niemand würde wissen wollen, weshalb er für das Abschiedsgrillen nicht zurückkommen konnte, denn sie hatte den Gästen erzählt, er sei wegen eines Jobs unterwegs.

Es wollte niemand wissen.

Die Frauen waren zu sehr beschäftigt, Handyfotos voneinander zu schießen und sich gegenseitig aufzuziehen, wie viel die jeweils andere essen würde.

»Wir sollten uns nächstes Jahr wieder treffen für einen gemeinsamen Urlaub«, sagte eine der Deutschen, und alle stimmten zu. Siobhan stellte die Schüssel mit Salat auf den Tisch und klatschte Beifall.

»Nur zu«, rief sie, »Stammkunden sind die besten.«

Nachdem die Grillkohle durchgeglüht war, legte Rory die Steaks auf den Rost und griff sich seine erste Flasche Bier des Abends. Zu Siobhan rief er hinüber: »Ich lege noch ein paar mehr drauf,« als ein Wagen auf der Straße erschien und hinter dem Haus verschwand. Siobhan erhob sich sofort.

Sie spürte ihr Herz klopfen, in ihrem Kopf schlossen sich bereits Johns Arme um sie. Aber ihre vage Hoffnung zerplatzte. Es waren nur Tomas und Henry, die aus dem Auto stiegen. Tomas hielt eine Flasche Rotwein im Arm, und Henry verzog beinahe schuldbewusst das Gesicht, so als habe er ihre Gedanken erraten. Er war der Einzige, der aus erster Hand über Johns Verschwinden Bescheid wusste.

»Rory meint, du brauchst Hilfe«, sagte Tomas und schwenkte die Rotweinflasche.

»Meinte er die Steaks auf dem Grill oder die Vandalen, die den Zaun durchgeschnitten haben?«, fragte Siobhan und beantwortete sich ihre Frage selbst. »Vermutlich beides.«

Sie stellte die beiden Iren den Gästen vor, schmunzelte mit abgewandtem Kopf darüber, dass Tomas sich sofort ein Bier holte und sich neben die jüngere Belgierin setzte. Solche Gelegenheiten ließ er nie aus.

Langsam kam die Dunkelheit, nur die Gartenlaternen und das Grillfeuer erhellten die Umgebung. Alle saßen in einer fröhlichen und ausgelassenen Stimmung beisammen. Auf der Zufahrtsstraße fuhren Wagen vorbei, die keiner von ihnen beachtete, bis Rory einen Schluck aus seiner Flasche nahm und murmelte: »*Der* Wagen kommt schon zum dritten Mal vorbei.«

Bis auf Siobhan reagierte niemand auf diese Bemerkung, sie aber erstarrte in der Bewegung und sah zu Rory hinüber. Der machte eine beschwichtigende Kopfbewegung, und Siobhan versuchte sich zu beruhigen. Sie behielt die Straße im Auge, und als der Wagen erneut auftauchte und langsam an Haus und Garten vorbeirollte, sprang Rory so plötzlich auf, dass alle zusammenzuckten.

Für einen Mann in seinem Alter war er erstaunlich schnell, rannte entlang des Rasens, machte einen Satz über das vernachlässigte Blumenbeet auf den niedrigen Zaun zu. Der Fahrer trat das Gaspedal durch und raste davon, hinterließ nur eine Wolke aus Abgasen und aufgewirbelten Straßenstaub.

»Feigling«, kommentierte Rory selbstzufrieden, »aber ich habe seine Nummer.«

Siobhan war an dem Kennzeichen des Wagens nicht interessiert, sie wusste, wer der Mann war, und sie sorgte sich, dass er zurückkommen würde. Vielleicht wenn sie schliefen. Siobhan hatte bislang keine neuen Buchungen angenommen und das mit Renovierungsarbeiten begründet. Es mochte fadenscheinig sein, niemand renovierte mitten in der Hochsaison, aber sie wollte Gäste keiner Gefahr aussetzen auf dem Hof, bis die Sache mit Smith überstanden war.

Nachdem die Frauen sich verabschiedet hatten, Henry und Tomas nach den Pferden sahen, räumten Siobhan und Rory auf, setzten sich mit einem Bier in den inzwischen stockfinsteren Garten.

»Sie werden mir nicht glauben, dass ich die Namensliste nicht mehr habe«, flüsterte Siobhan, »was soll ich tun, damit sie mich in Ruhe lassen?«

Nachdenklich blies Rory über den Flaschenhals, erzeugte so einen tiefen Summton.

»Die Jungs haben ein Auge darauf, dass hier nichts passiert«, sagte er schließlich, »und ich kümmere mich um den Rest. Ich pflege noch den Kontakt zu Leuten, die helfen können.«

»Hast du einen Plan?«

»Ich habe immer mehr als nur einen Plan.« Er klopfte ihr aufmunternd auf das Knie. »Aber ich will abwarten, was die anderen dazu sagen, und dann sehen wir weiter.«

Siobhan fragte nichts mehr.

In der Nacht blieb es ruhig, Mr. Smith tauchte nicht erneut auf, um sie unter Druck zu setzen. Siobhan fuhr die Gäste zum Flughafen, und alles war in Ordnung, als sie auf den Hof zurückkehrte. Captain kam ihr schwanzwedelnd entgegen und begleitete sie auf die Weide, wo sie sich in die Wiese setzte und wiederholt versuchte, John auf seinem Handy zu erreichen. Sie wusste nicht einmal, ob er ihre Nachrichten gelesen und abgehört hatte. Hatte es überhaupt noch Sinn, ihn immer und immer wieder anzurufen, wenn er sich nicht meldete?

Sie warf das Handy neben sich ins Gras.

Diesmal habe ich es versaut, dachte sie.

Als ihr Smartphone klingelte, schrie sie auf, griff hastig danach und wischte sich die Tränen ab.

»Ja?«, meldete sie sich mit klopfendem Herzen.

»Wo steckst du? Wir müssen über den Plan sprechen.«

Es war nur Rory.

9

Rory löste sein Versprechen, sich um das Problem zu kümmern, schneller ein, als Siobhan es sich vorgestellt hatte. Sie setzte Teewasser auf, drehte sich zu Rory herum und riss die Augen auf, als er sie fragte: »Hast du noch die Nummer von Smith?«

»Natürlich.«

Sie schob den Kessel auf der Flamme des Gasherdes hin und her.

»Ruf ihn an. Sag ihm, du würdest ihm die Namensliste übergeben wollen.«

Der Tee war sofort vergessen. Stattdessen setzte sich Siobhan zu ihm an den Tisch.

»Das kann ich nicht«, murmelte sie, »mir wird schon schlecht, wenn ich es mir nur vorstelle.«

Rory tätschelte ihr die Hand, ermahnend und aufmunternd zugleich. »Du isst in letzter Zeit zu wenig«, erklärte er, »kein Wunder, dass dein Magen nicht mehr mitspielt.« Ihm war nicht entgangen, dass sich ihr Konsum an Magentabletten extrem gesteigert hatte.

»Wir gehen es in aller Ruhe noch einmal durch.«

Rory setzte erneut Teewasser auf, wartete, bis es kochte und ließ es eine Minute abkühlen, bevor er es in die bereitstehende Kanne goss.

»Ich weiß, was ich von dir verlange, aber du bist nur der Lockvogel. Smith wird zur Station kommen, wenn du ihn anrufst. Dir wird er vertrauen.«

»Weshalb die Station?«

Rory reichte ihr eine Tasse mit dampfendem Tee.

»Weil er weiß, dass Deccy dort gearbeitet hat. Er wird es dir glauben, wenn du ihm sagst, dass du die Liste genau da gefunden und im Versteck gelassen hast.«

Der schwarze Tee mit viel Zucker und ein wenig Milch beruhigte ihren Magen nicht.

»Oder möchtest du den Kerl vielleicht hier im Haus haben?«

Nein, dachte Siobhan sofort, *unter keinen Umständen. Ich wünschte nur, John wäre bei mir.*

Sie rief Smith an und sagte ihm, sie würde ihn am nächsten Tag morgens um zehn Uhr in der alten Zuchtstation treffen. Die Namensliste, die sie dort gefunden habe, könne er haben und legte auf, bevor er Fragen stellen konnte. Mit rasendem Herzen wartete sie neben dem Smartphone, ob er sie zurückrief, aber es blieb stumm, und sie atmete erleichtert aus.

»Gutes Mädchen«, sagte Rory.

*

Auf dem Weg zur Station sprach sie gedankenverloren aus, woran sie oft denken musste: »Lebt der Ponyhengst vielleicht doch noch irgendwo in den Bergen?«

Es war eine ihrer Wunschvorstellungen, aber ebenso hätte sie darüber nachgrübeln können, ob Deccy wirklich tot sei. Bittere Tatsachen ließen sich nicht durch Wunschträume verändern.

Die Sonne war gerade aufgegangen, und sie erreichten die Station, als der Morgentau noch auf den Wiesen lag. Rory stellte den alten Volkswagen vor dem verschlossenen Tor ab, wartete und horchte.

»Ich bin nicht gerne hier«, flüsterte Siobhan, »und ich hoffe, dein Plan funktioniert.«

Rory deutete mit dem Kinn auf die Wollmütze, die auf ihrem Schoß lag. Sie zog sie seufzend über ihren Kopf und stopfte das lange Haar darunter.

»Er wird funktionieren.«

Sie machte ein entschlossenes Gesicht, aber Rory sah die Angst darin. Sie hatte sich nicht geschminkt, noch nicht einmal die Wimpern getuscht.

Rory nickte ihr zu und sagte: »Auf geht's.«

Sie stiegen aus.

Die Station wurde seit dem Abtransport der Ponys nicht mehr genutzt, das Gatter war mit einem Vorhängeschloss versehen, die Fenster zugenagelt. Auf den ungenutzten Weiden fraßen ungestört Rehe und Kaninchen.

Rory hatte den Schlüssel, öffnete das Gatter, stellte es mit einem herumliegenden Pflasterstein fest und öffnete die Scheune. Im Inneren war es dunkel, aber sie hörten Schritte, es flammte eine Taschenlampe auf und eine Stimme rief:

»Rory, bist du das?«

Rory drückte die Tür hinter sich ins Schloss und erwiderte: »Tomas, du solltest doch draußen warten. Verdammt, musst du uns so erschrecken?«

Mit einem Grinsen trat Tomas auf sie zu, richtete das Licht der Taschenlampe an die Decke, um sie nicht zu blenden. Auch er trug, wie Siobhan und Rory, dunkle Kleidung.

Sie gingen durch den Vorraum in die angrenzende Scheune, in der es nach Staub und altem Stroh roch. Dort machten sie die Öllampen an, die Tomas mitgebracht hatte. Die Scheune besaß nur zur Rückseite, die der Straße abgewandt war, ein großes Flügeltor und keine Fenster.

Wo früher Heuballen gelagert wurden, war nun alles mit Gerümpel zugestellt, für das es keine Verwendung mehr gab. Darunter auch der alte Schreibtisch, an dem Deccy in seinem kleinen Büro gearbeitet hatte. An der Rückseite lagen Strohballen, über ihren Köpfen gurrten Tauben. Von den Dachbalken hingen Spinnweben.

*

John starrte an die Decke. Seit Tagen hatte er nichts anderes getan, als ruhelos durch Clifden zu wandern, bis er müde genug war, um schlafen zu können. Doch selbst dann lag er noch lange wach. Das Smartphone lag auf seiner Brust. Immer wieder nahm er es auf und öffnete die Fotogalerie.

Siobhan, dachte er und betrachtete die Fotos, die sie an den Cliffs von sich gemacht hatten. Ein glücklich verliebtes Pärchen vor einem strahlend blauen Himmel.

Er aß, obwohl er keinen Hunger verspürte, er legte sich ins Bett und schloss die Augen, obwohl er kaum schlafen konnte. *Ich vermisse dich,* dachte er, *egal, was passiert ist.*

Die Sonne schien durch das Hotelfenster, und es drängte John nach draußen. Er hatte das erstbeste Hotel in Clifden ausgewählt und mit dieser Wahl leider daneben gegriffen. Das Haus war heruntergekommen und schmuddelig. Wenigstens funktionierte der Zimmerservice, und Bettlaken und Decken waren sauber. Er zog sich an und wanderte ruhelos durch Clifden, hatte keinen Blick für das strahlende Wetter. Er spazierte durch enge Gassen, in der sich modernere zweistöckige Gebäude mit ihren gelben, violetten oder hellgrünen Fassaden abwechselten mit uralten Häusern. Die aus groben Steinblöcken errichteten Mauern waren nun moosbewachsen und erinnerten an die kargen Zeiten des vorletzten Jahrhunderts. Dann erreichte er die Main Street, die wichtigste Einkaufsstraße in Clifden mit ihren herrlichen, farbenfrohen und teils viktorianischen Fassaden.

In einem Café trank er einen Espresso und beobachtete Leute, die an der Haltestelle gegenüber aus dem Bus stiegen. Er fragte die italienische Kellnerin, weshalb alle Fahrgäste Tickets kauften, aber die älteren Herrschaften einfach so in den Bus einstiegen, ohne zu bezahlen.

»Rentner dürfen öffentliche Verkehrsmittel kostenlos nutzen«, erklärte sie, als sie ihm den zweiten Espresso brachte, »deshalb gibt es hier auch einige alte Leute, die den ganzen Tag mit dem Bus hin- und herfahren.«

Nach der Pause wanderte er durch die Einkaufsstraßen von Clifden, entdeckte viele geschlossene und verwaiste Geschäfte, aber auch modern eingerichtete Blumengeschäfte und immer wieder Cafés und Diners. Pubs schienen auch die schlechten Zeiten ohne Probleme überstehen zu können. Sie wirkten, als seien sie seit den Zwanzigern unverändert. John folgte einfach den Straßen, wanderte umher, hing seinen Gedanken nach und kam durch Zufall vor jenem Geschäft zum Stehen, in dem er das Kristallpferd für Siobhan erstanden hatte. Er erstarrte vor dem Schaufenster, als er in der dekorierten Auslage das gleiche kleine, glitzernde Pferdchen sah. Es versetzte ihm einen Stich, und der fegte mit plötzlicher Heftigkeit alle Zweifel beiseite.

Es war doch so einfach. Siobhan hatte ihn beleidigt mit ihrer ungebremsten Wutrede, aber im Grunde seines Herzens wusste er genau, dass sie nicht ihn meinte, sondern das, was er mit seinem Verhalten verkörpert hatte. Und die Sehnsucht nach ihr war bedeutend schlimmer als der verletzte Stolz. In diesem Moment war er froh, dass er dem ersten Impuls, ihre Nachrichten ungelesen zu löschen, nicht gefolgt war.

Der Himmel hatte sich inzwischen mit grauen Wolken

zugezogen, und schon fielen ihm Regentropfen ins Gesicht. Er flüchtete in den nächstbesten Pub, in dem bereits die ersten Gäste bei Bier und Whiskey saßen. John nahm sich eine der herumliegenden Rennzeitungen, blätterte abwesend darin herum, ging schließlich zur Theke und bestellte sich ein Tonic Water.

Dann fasste er sich endlich ein Herz und las Siobhans Nachrichten, die sich seit seiner Flucht angesammelt hatten. Er fand die Bestätigung, wie sehr auch sie unter der Trennung litt. Keine Vorwürfe und Verwünschungen, wie er sie befürchtet hatte.

Kurz sah er auf, als eine Gruppe Männer hereinkam, die von einem Fußballspiel kommen mussten, schwitzend, verdreckt und guter Dinge. Sie blieben an der Theke und orderten ihre Getränke. Einer von ihnen machte ein Gruppenfoto. Über ihren Köpfen war ein Schild angebracht, welches darauf hinwies, dass der Pub WLAN anbot. Daneben ein vergilbtes und gerahmtes Foto von einem alten bärtigen Iren, der eine Ladung Torf mit seinem Eselskarren beförderte.

Es lenkte John nur kurz von den Nachrichten ab, die Siobhan ihm geschickt hatte. Je mehr er von ihnen las, desto klarer wurde ihm, was zu tun war. Er fuhr sich mit dem Handrücken über das unrasierte Kinn. Der Frage, ob oder unter welchen Umständen er ihr verzeihen könne oder wolle, hatte plötzlich keine Bedeutung mehr. Er konnte und wollte nicht ohne sie leben, das war die Wahrheit. Die einzige, die zählte.

Er war inzwischen bei der jüngsten Nachricht angekommen, die vom gestrigen Abend. Er sprang auf. Dabei kippte der Stuhl weg, und er bekam ihn gerade noch an der Lehne zu fassen. John zog sich seine Jacke über und sagte zum Barkeeper, der ihn alarmiert ansah:

»Entschuldigung. Ich muss nach Hause.«

Im Hotel packte er fieberhaft und checkte aus.

Sie braucht mich, schoss es ihm durch den Kopf, *und ich Idiot habe sie in dieser bedrohlichen Situation allein gelassen wie ein beleidigter Schuljunge.*

Ungeduldig wartete er an der Rezeption, bis der Hotelangestellte seine Karte durchgezogen und ihm die Rechnung ausgestellt hatte. Noch einmal las er Siobhans letzte Nachricht, die ihn so in Panik versetzte.

John, morgen treffen wir den Agenten in der alten Zuchtstation. Rory hat einen Plan, um ihn endlich loszuwerden. Ich bete, dass es funktioniert. Melde dich, John. Bitte.

»Ich hoffe, Sie hatten einen angenehmen Aufenthalt«, sagte der Angestellte und reichte ihm die Kreditkarte zurück.

»Nehmen Sie es nicht persönlich, es waren die schlimmsten Tage meines Lebens«, erklärte John. Er sah den überraschten Ausdruck im Gesicht des Mannes. Sein Herz war schon auf dem schnellsten Wege zurück nach Letterfrack.

*

Sie hörten den Wagen vor der Scheune vorfahren, und Rory gab Siobhan ein Zeichen, sie solle die Tür öffnen, um den Mann, den sie erwarteten, hereinzulassen. Wie Rory geahnt hatte, war er viel zu früh. Mit einer hastigen Bewegung steckte Tomas die Waffe weg und setzte sich auf einen der Campingstühle, der ein quietschendes Geräusch von sich gab. Er presste die Lippen fest zusammen und versuchte, seiner Nervosität Herr zu werden. Siobhan wechselte einen letzten Blick mit Rory, der ihr aufmunternd zunickte, ging mit klopfendem Herzen zur Scheunentür. Einen kurzen Moment hielt sie inne, stellte sich vor, sie müsse einem unwilligen Pferd gegenübertreten, hob den Kopf und straffte die Schultern. Manchmal half es, sich größer zu machen, als man sich gerade fühlte. Dann öffnete sie das schwere Tor.

Smith war nicht allein. An seiner linken Seite stand ein drahtiger blonder Mann in seinem Alter und einen halben Kopf kleiner. Beide trugen Anzüge und Hemden ohne Krawatten, die Drähte der Ohrstöpsel verschwanden in den Brusttaschen der Sakkos.

Smith deutete mit einer Kopfbewegung neben sich und sagte: »Hallo, Mrs. Keating. Ich habe einen Kollegen mitgebracht, Agent Kerr.«

Siobhan nickte, und die Männer folgten ihr ins Innere der Scheune. Dort sahen sie sich blitzschnell um und versuchten, jede Kleinigkeit zu bemerken. Rory trat ihnen entgegen, hatte damit gerechnet, dass Smith nicht alleine auftauchen würde, aber er war erleichtert, dass sie nur zu zweit waren.

Wie verabredet, zog sich Siobhan sofort in eine Ecke zurück, stand mit dem Rücken an jene Wand gelehnt, an der die Treppe zur Balustrade angebracht war.

Nun übernahm Rory das Spiel.

»Setzt euch«, sagte er, ergriff zwei Stühle an den Rückenlehnen und zog sie auf die Männer zu in die Mitte des Raumes. Dann trat er einen Schritt zurück und nahm sich einen Hocker.

»Was soll das?«, erwiderte Smith. »Wir sind nicht zum Palavern hier. Wir holen nur das kleine Geschenk ab.«

Dennoch setzte er sich auf einen der beiden Stühle, zupfte

seine Hose an den Knien zurecht, während sein Kollege Kerr neben ihm stehenblieb, ein wenig breitbeinig, die Hände vor dem Becken verschränkt. Ihn behielt Rory im Auge, als er sagte: »Wegen dieser Namensliste, die im Besitz meines verstorbenen Sohnes war, ist einer von euch bei mir eingebrochen. Ihr habt mein Eigentum durchwühlt. Das nehme ich sehr persönlich.«

»Verständlich«, sagte Smith und machte eine vage Bewegung mit der Schulter, sein Gesicht noch immer ausdruckslos. Das war kein Eingeständnis, schon gar keine Entschuldigung, aber die hatte Rory sowieso nicht erwartet.

»Nachdem ihr auch meine Schwiegertochter unter Druck gesetzt habt, hat sie die Liste schließlich gefunden. Sie wollte sie euch nicht übergeben, denn wir wissen alle, was dann passieren wird.«

Kerr brummte, und Smith beugte sich vor, legte die Ellenbogen auf die Knie, sah Rory prüfend ins Gesicht.

»Hat sie deshalb behauptet, sie habe die Liste nicht mehr?« Er warf einen scharfen Blick zu Siobhan hinüber, die verbissen zurück starrte.

»Sie war verzweifelt und ist es immer noch. Deshalb haben wir die Liste vernichtet.«

Kerr machte einen Schritt nach vorn, stemmte die Hände in die Seiten. »Soll das ein Scherz sein?«

Siobhan hielt die Anspannung nicht mehr aus, trat hinter Rory und nahm gleichzeitig aus dem Augenwinkel wahr, wie Tomas aufstand und ebenfalls einen Schritt nach vorn machte. Er legte so unauffällig wie möglich die rechte Hand auf die Jackentasche, in der seine Waffe steckte. Siobhan vergaß ihre Angst und platzte heraus: »Ich habe Mick die Liste gegeben. Wir hatten mit dieser ganzen Sache niemals etwas zu tun.«

»Jetzt schon!«, erwiderte Smith mit einem gespielt bedauerndem Tonfall. Er erhob sich vom Stuhl, wurde aber in dieser Bewegung auf Rory zu sofort von Tomas gestoppt, der blitzschnell die Waffe gezogen hatte. Seine linke Hand umfasste das rechte Handgelenk, er zielte mit ruhiger Hand auf Smith und sagte sehr deutlich: »Das würde ich nicht sagen. Ihr beiden zieht jetzt erst einmal die Ohrstöpsel aus und werft die Dinger zu mir rüber. Ganz langsam.«

Rory erhob sich, zögerte aber noch, ebenfalls seine Waffe zu ziehen. Tomas bemühte sich, einen bestimmten und gefestigten Eindruck zu machen, doch die beiden Profis durchschauten ihn. Sie erfüllten die Forderung, zogen die Stöpsel aus den Ohren, klemmten sie ab und warfen sie ihm vor die Füße. Das taten sie nur, um in einer synchronen, fließenden Aktion ihre Waffen in Anschlag zu bringen.

Rory reagierte augenblicklich und zog ebenfalls seinen Revolver. Tomas blinzelte sich den Schweiß aus den Augen, hielt die Waffe krampfhaft auf Smith gerichtet, obwohl er selbst im Visier war. Er hatte verhindern wollen, dass sie Verstärkung anforderten, besser wäre es gewesen, ihre Waffen einzufordern. Dazu war es nun zu spät. Smith zielte auf ihn, Kerr auf Rory. Sie wagten kaum zu atmen.

»Was nun?«, fragte Rory mit gelassener Stimme, »ist eine alte Namensliste es wert, dass wir uns hier über den Haufen schießen?«

»Das wird schon nicht passieren«, erwiderte Kerr mit einem breiten und selbstgefälligen Grinsen, »ihr Amateure habt nicht den Hauch einer Chance.«

Siobhan glaubte, keine Luft mehr zu bekommen, war nicht in der Lage, sich zu rühren. Es war ihr, als würde sie in einem Sportwagen auf einen Abgrund zurasen. Die Sekunden dehnten sich ins Unendliche, niemand machte

Anstalten, die Situation zu verändern.

»Ich weiß nicht, wie du darauf kommst«, sagte Rory trocken, bewegte den Lauf seines Revolvers ein wenig hin und her, »wenn hier auch nur ein Schuss fällt, kommt ihr nicht einmal bis zu eurem Wagen.«

Ehe Smith antworten konnte, wurde die Scheunentür aufgerissen. Der Mann, der in den Raum stürmte, war hektisch und außer Atem.

»John!«, rief Siobhan und rannte auf ihn zu.

Kerr nutzte die Gelegenheit, machte einen schnellen Schritt nach vorn und riss sie an sich. Das geschah so blitzschnell und heftig, dass ihr die Luft wegblieb und sie nicht einmal versuchte, sich zu wehren. Kerr drückte ihr seine Waffe mit dem Lauf in die Seite. Mit aufgerissenen Augen starrte sie zu Rory und Tomas hinüber. Beiden konnte man die Verzweiflung ansehen. Smith verzog das Gesicht, als wolle er sagen: *Geschieht dir recht, Mädchen, hättest du uns nur die Namensliste gegeben.*

»Nein«, sagte John mit lauter Stimme. Er durchquerte den Raum mit wenigen Schritten, hob die Arme und gebot mit seinen Handflächen Einhalt. Sein Londoner Akzent war überdeutlich, als er sich an Smith und Kerr wandte.

»Ich bin John Palfrey. Sie können mir glauben, dass ich Ihren Wunsch unterstütze, der Täter von damals habhaft zu werden. Aber ich missbillige Ihre Methoden, von denen die irischen Behörden sicherlich ahnungslos sind. Ihre Drohung ist sinnlos. Ohne die Namensliste haben Sie nichts in der Hand gegen die Dame und diese Gentlemen, das wissen Sie. Also beenden wir einfach dieses Theater und kehren zurück zu den üblichen, höflichen Umgangsformen.«

Die beiden Männer starrten ihn an. Siobhan atmete zitternd ein, als der Druck der Mündung an ihrer Seite nachließ und Kerr die Waffe sinken ließ. Obwohl er sie noch immer festhielt, war sie erleichtert und unglaublich stolz auf John, der sich unbewaffnet zwischen die Fronten geworfen hatte. Und sie bewunderte in diesem Moment seine ruhige und respektvolle englische Art.

Smith allerdings hatte seine Waffe nicht heruntergenommen, zielte noch immer abwechselnd auf Rory und Tomas. Ohne die beiden aus den Augen zu lassen, sagte er: »Ich pfeife auf höfliche Umgangsformen. Wir reden hier von mehrfachen Mördern, die ihrer gerechten Strafe zugeführt werden sollten. Deshalb sind wir hier. Ob Mrs. Keating die Liste nun vernichtet oder wem auch immer gegeben hat, kommt auf das Gleiche hinaus. Das nennt man Strafvereitelung und Behinderung von Ermittlungsbehörden. Somit ist sie in diese Sache involviert.«

»Jetzt nicht mehr.«

Die Stimme kam von oben. Smith und Kerr hoben die Köpfe. Smith hob auch die Waffe, ließ sie dann aber endgültig sinken. Auf dem schmalen Zwischenboden der Scheune stand Mick, im Schein der Lampe zunächst nur als Schatten erkennbar, bis er mit einem Präzisionsgewehr in der Armbeuge die Treppe herunterkam. Er blieb neben Rory stehen und fixierte ausdruckslos Smith, dann wanderte sein Blick zu Kerr hinüber.

»Hallo Avon«, sagte er.

Kerr starrte ihn ungläubig an und erwiderte:

»Sorley?? Was zum Teufel machst du denn hier?«

Niemand rührte sich, bis Sorley das Gewehr sicherte und es mit dem Kolben nach unten neben sich auf den Boden stellte, es am Lauf festhielt.

»Mrs. Keating hat mir die Liste übergeben, und ich habe sie vernichtet. Lasst es gut sein, Jungs.«

John nutzte den Augenblick und streckte die Hand nach Siobhan aus. Widerstandslos ließ Avon Kerr sie los, und sie fiel in Johns Arme.

»Wer zum Teufel ist Sorley?«, fragte Smith aufgebracht, »Ich habe diesen Mann auf dem Hof getroffen. Was hat er damit zu tun?«

Sein Partner machte jedoch nur eine abwehrende Handbewegung. »Die Sache hat sich erledigt. Wir ziehen ab.«

»Was soll das heißen?«

»Hast du was an den Ohren, Smith? Soll ich es dir aufschreiben?« Kerr starrte ihn an, drehte sich auf dem Absatz um und verließ die Scheune, ohne noch einen Blick zurückzuwerfen. Smith brauchte einige Sekunden, bis er begriff, dass er hier auf verlorenem Posten stand. Wutentbrannt folgte er seinem Kollegen. John und die anderen hörten nur noch, wie draußen der Motor des Wagens gestartet wurde, dann waren sie allein.

Siobhan presste sich in Johns Arme, flüsterte auf ihn ein, atemlos vor Erleichterung: »Ich bin so glücklich, dass du zurückgekommen bist. Ich liebe dich, mein Held.« Sie zwinkerte ihm zu und ergänzte: »Mein englischer Held!«

John küsste sie erst auf die Stirn, dann auf den Mund. Er war nur froh, dass es vorbei war. Er fühlte sich nicht gerade als Held. Rory und Tomas schlugen sich in die Handflächen, und John fragte: »Was war das jetzt? Ich habe es nicht verstanden.«

Rory nickte zu Sorley hinüber, der sein Gewehr zerlegte, sich erhob und auf John zuging. Er grinste unwillkürlich, als er John betrachtete. Dieser sah so aus, wie er die letzten Tage verbracht hatte. Mehrere Nächte in den Klamotten geschlafen und sich weder rasiert noch geduscht.

»Ich habe einen Deal mit ihnen«, erklärte er dann ernst, »ich kenne Avon Kerr seit Jahren. Ab und zu liefere ich ihm verdeckt ein paar Verrückte von nordirischen Splittergruppen aus. Bin inzwischen sein wichtigster Mann in Belfast. Ich kann nicht leugnen, John, dass ich damals an dem Attentat beteiligt war. Es ist lange her. Fast zwanzig Jahre. Heute denke ich anders darüber und bereue es. Du wirst nun damit leben müssen, dass ich ungeschoren davon komme. Für dieses Mal.« Er zuckte mit den Mundwinkeln. »Kerr weiß nicht, dass auch mein Name auf der Liste steht. Würde er es wissen, wäre es hier nicht so gelaufen. So schluckt er seine Niederlage und behält mich lieber als Informanten.«

»Aber wenn Smith einen anderen mitgebracht hätte...«, warf John ein, doch Sorley unterbrach ihn: »Nachdem ich die Liste hatte, bin ich noch in Letterfrack geblieben, um euch und Smith im Auge zu behalten. Das war mein Versprechen an Rory, sollte Siobhan sie mir geben. Dabei habe ich Kerr in der Stadt gesehen. Ich wusste, dass er mitkommen würde.«

Rory trat neben John, schlug ihm auf die Schulter und sagte: »Dich hatte ich allerdings nicht mit eingeplant.«

Siobhan löste sich aus Johns Umarmung, zog sich die Wollmütze vom Kopf und fuhr sich durch das verschwitzte Haar. »Du hast die ganze Zeit gewusst, dass Sorley dort oben sitzt?«

Als Rory nur mit den Schultern zuckte, ging ihr ein Licht auf. »Und du hast die ganze Zeit mit ihm gemeinsame Sache gemacht, ohne mir etwas davon zu sagen.«

Sie zog ihn ein Stück zur Seite, und Sorley nutzte diese Gelegenheit, um John die Hand zu reichen. John sah ihn zweifelnd an und erwiderte den Handschlag nicht.

»Ihr seid jetzt in Sicherheit«, erklärte Sorley, »ihr habt

nichts mehr zu befürchten. Weder von mir noch von den anderen. Und es tut mir wirklich leid, was ich damals getan habe.«

John sah ihm in die Augen und erwiderte leise: »Ich habe dabei einen Verwandten verloren.«

Sorley senkte den Blick, hielt noch immer die Hand ausgestreckt. »Ich weiß«, sagte er, »die Schuld nehme ich mit ins Grab.« Darauf nahm John seine Hand und drückte sie kurz.

Tomas trug die Tasche zum Wagen, warf im Vorbeigehen einen fast ängstlichen Blick zu Sorley hinüber. Er war sich selbst jetzt noch nicht sicher, auf wen Sorley im Ernstfall geschossen hätte. Rory war erschöpft, dehnte seine knackenden Knochen und rieb sich die Augen, während Sorley hinauf kletterte und seine Tasche und Jacke von der Balustrade holte.

»Er war unsere Lebensversicherung dort oben«, sagte Rory, »sonst hätte ich es nicht gewagt, Siobhan dabei zu haben.« Er stupste ihr mit dem ausgestreckten Zeigefinger unter das Kinn.

»Und weshalb sollte ich dir das vorher sagen? Zwei Blicke von dir nach oben, und alles wäre verraten.«

Siobhan nickte. Sie wusste, er hatte Recht.

Sorleys Gewehr war verstaut, und er lehnte dankend ab, als Rory ihm anbot, ihn mit dem Volkswagen mitzunehmen.

»Ich muss noch ein paar Dinge loswerden«, sagte er, »und dazu bin ich besser allein.«

Es blieb im Dunkeln, was er alles im Moor verschwinden ließ. Sicherlich das Handy, mit dem er mit Rory in Kontakt geblieben war, und vielleicht auch das Gewehr, das glücklicherweise nicht zum Einsatz gekommen war. Sorley verschwand einfach und kehrte in sein eigenes Leben zurück.

Diesmal endgültig.

10

Nachdem sie Rory und Tomas in Letterfrack abgesetzt, auf den Keating-Hof zurückgekehrt waren und John geduscht und sich rasiert hatte, fanden Siobhan und er endlich Gelegenheit, miteinander zu reden. Sie saßen im sanften Landregen im Garten unter dem Sonnenschirm, nippten an ihrem Whiskey und rückten in dem Gartensessel, den sie sich teilten, immer enger zusammen. Um sie herum versank die Welt in weichen Farben, und es roch nach feuchter Erde und der Hundsrose, die an der Rückseite der Hauswand wucherte.

»Ich war die ganze Zeit in Clifden«, gestand John, »ich habe nicht eine Sekunde daran gedacht, das Land zu verlassen. Was hätte ich in London denn anfangen sollen?«

Siobhan legte ihren Kopf auf seine Schulter, beobachtete die Regentropfen, die vom Rand des Sonnenschirms fielen.

»Du hättest mal wieder Stadtluft atmen können.«

»Die wollte ich mir abgewöhnen«, lachte er.

Siobhan kicherte, sagte dann leise: »Wie konnte ich nur so ausflippen? Meine Mutter meint zwar immer, ich habe ein loses Mundwerk und zu viel Temperament, aber das war selbst für mich erschreckend.«

»Darüber reden wir nicht mehr, das ist längst vergessen.«

Sie schwiegen, lauschten dem Regen und dem Wind.

Irgendwo wieherte ein Pferd.

»Alles hat in der Station angefangen, und dort hat es auch ein gutes Ende genommen«, bemerkte Siobhan dann. »Ohne diesen Ort hätten wir uns niemals kennengelernt.«

»Ja«, sagte John, »es war ein seltsames Gefühl, sie hinter uns wieder abzuschließen.«

Erst, als der Regen heftiger und vom Wind unter den

Schirm getrieben wurde, gingen sie ins Haus zurück. Captain lag schlafend im Wohnzimmer und öffnete nur kurz die Augen, als sie hereinkamen.

»Gute Nacht, Captain«, sagte John.

*

Siobhan bemühte sich, für den Rest des Sommers weitere Reitgäste zu bekommen. Sie informierte die Agenturen, dass die Renovierungsarbeiten abgeschlossen seien, aber die Anfragen kamen nur schleppend, und es gab nur wenige Reservierungen.

Obwohl sie selten über die Sache mit der Namensliste sprachen, dachte Siobhan häufig darüber nach. Es war ihr noch immer ein Rätsel, welche Verbindung es zwischen Rory und Sorley gab, und wenn sie Rory darauf ansprach, bekam sie nur Ausreden zu hören.

Das normale, ruhige Leben hielt Einzug, und obwohl sie seit geraumer Zeit wieder vernünftig aß, hatte sie noch immer Episoden von Übelkeit. Manchmal direkt nach dem Aufstehen, manchmal tagsüber vor dem Essen. Sie machte sich keine Gedanken darüber, schob es auf die Nachwirkungen des Stresses und auf ihren nervösen Magen. Sie erschrak fürchterlich, als John eines Morgens das Küchenfenster aufriss und über den ganzen Hof ihren Namen rief, rannte ins Haus, wo sie fast mit ihm im Flur zusammenstieß.

»Was ist passiert?«

John zuckte zurück, hielt dann lachend sein Smartphone hoch. »Ein Jobangebot«, strahlte er, »und jetzt rate mal, wo.«

Am Dienstag der nächsten Woche hatte John ein Vorstellungsgespräch in Sligo, und Siobhan organisierte sofort die gemeinsame Fahrt die Küste hinauf.

»Ich habe keine Reitgäste. Donna kann für zwei Tage die Pferde versorgen«, sagte sie, »genießen wir die Zeit.«

John hatte ein gutes Gefühl für den Job, das erste Gespräch am Telefon war sehr positiv verlaufen, und er war gespannt darauf, den Personalleiter persönlich kennenzulernen.

Er hatte sich optimal vorbereitet, mit einem frischen Haarschnitt, makellosem weißen Hemd zu seinem dunklen Nadelstreifenanzug, auf Hochglanz polierte Lederschuhe. Die Schuhe zog er erst im Auto an, wollte verhindern, dass er auf dem Hof noch aus Versehen in einen Pferdehaufen trat.

Während der Fahrt nach Sligo grübelte Siobhan wieder über Rorys Verhältnis zu Sorley und sprach es schließlich an.

»Meinst du, es gibt da noch etwas, worüber Rory mit uns nicht spricht? Er hat alles daran gesetzt, uns aus der Sache rauszuholen, aber diese enge Zusammenarbeit mit Sorley macht mir weiterhin Kopfschmerzen.«

Sligo präsentierte sich als geschäftige Kleinstadt, die im täglichen Verkehrschaos zu ersticken drohte, doch die Gegend eröffnete John eine weitere Facette von Irlands Westen. Ben Bulben, der Tafelberg, der die gesamte Region dominierte, war umrundet von Weiden, einsamen Höfen und kleinen Orten, die sich die Küste entlang zogen. Berge, Seen und einladende Strände mit einem atemberaubenden Fernblick waren die Magnete für Touristen.

Siobhan setzte John vor dem Gelände der internationalen Firma ab, küsste ihn, wünschte ihm viel Erfolg und fuhr über den Kreisverkehr am Regional Hospital vorbei Richtung Rosses Point. Ihr Smartphone lag neben ihr, stets bereit, wichtige Nachrichten auszuspucken.

Sie haderte noch immer mit sich, ihre Ärztin um einen Termin zu bitten. Das wollte sie tun, wenn John nicht in der

Nähe war; ihm gegenüber hatte sie behauptet, sie sei ihre Zahnärztin, aber das stimmte nicht. Er hatte in ihrem Notizkalender auf dem Laptop nur die Erinnerung gesehen:

Dr. Whittaker anrufen!

Die R291 von Sligo Richtung Rosses Point führte sie an der Bucht vorbei, an Schafweiden und kleinen Familienhäusern mit hügeligen Gärten. Auf halber Strecke passierte sie das riesige Radisson Hotel, das ungefähr so irisch war, wie ein Amerikaner irischer Abstammung in der sechsten Generation. Aber das war der Sinn von Ketten, identisch zu sein, unabhängig von Standort und lokalen Traditionen.

In Rosses Point folgte sie der Küstenstraße, bog Richtung Campingplatz und Golfplatz ab, parkte dort oberhalb des Strandabschnitts am Straßenrand. Unter der Woche und bei schlechtem Wetter waren hier nur Spaziergänger und Hundebesitzer unterwegs, in der Ferne tauchten die wetterfesten Golfer in den Dünen auf. Siobhan stellte den Motor ab, wartete einen Augenblick, um sich zu sammeln. Sie versuchte, John ein paar positive Gedanken zu schicken, aber sie war davon überzeugt, dass er sich gut verkaufen konnte. Auch, wenn er seit einiger Zeit den Stallburschen und Chauffeur spielte, war er im Grunde ein Büromensch. Er musste nur zur perfekten Balance zwischen beiden Welten finden. Siobhan nahm ihr Smartphone, wählte die Nummer von Dr. Whittaker und bat um einen Termin.

Zwei Stunden später rief John an.

»Ich habe ein gutes Gefühl, aber die Stelle ist noch nicht offiziell ausgeschrieben. Wir können nur abwarten. Wo bist du? Hast du in einer Boutique Geld verprasst oder den alten Yeats besucht?«

Er war in fabelhafter Stimmung, und Siobhan ließ sich augenblicklich anstecken.

»Ich bin am Strand«, rief sie fröhlich. »In einer halben Stunde bin ich wieder bei dir. Hast du Hunger?«

Sie fuhren gemeinsam zurück, entdeckten an der Promenade ein gutes Fischrestaurant und einigten sich darauf, eine Nacht in Sligo zu bleiben und erst am frühen Morgen nach Hause zu fahren. Durch Zufall fanden sie ein Hinweisschild auf ein Bed and Breakfast und bekamen dort ein Doppelzimmer für eine Übernachtung. So blieben sie in Rosses Point.

Bis zum Sonnenuntergang saßen sie in einer windgeschützten Düne, John in seinem teuren Anzug und in Wanderschuhen, eng aneinandergedrückt, die Hände fest verschränkt.

»Mach dir keine Gedanken wegen Rorys Heimlichkeiten«, sagte er. »Das wird sich alles früher oder später aufklären.«

Siobhan lehnte ihren Kopf an seine Schulter.

Was ihr im Moment Sorgen bereitete, war nicht Rory, sondern sie selbst. Das Herz, das in ihr schlug. Und weil sie sich entschlossen hatte, ihm gegenüber keine Heimlichkeiten mehr zu haben, seufzte sie und sagte schließlich:

»John, ich muss dir was sagen. Ich glaube, ich bin schwanger.«

Die auf dem Buchrücken zitierten Bücher-Blogs finden Sie hier:

http://binchensbuecher.blogspot.de/
http://www.vielleserin.de/
http://www.sabrinaslesetraeume.de/
http://daslesesofa.blogspot.de/

Wenn Ihnen

„Der Herzschlag Connemaras: Deccys Vermächtnis"

gefallen hat, könnten auch die folgenden
Empfehlungen interessant für Sie sein:

PIA RECHT
Der Herzschlag Connemaras
KASTANIENROT
ROMANCE
MEIN KOPFKINO

Pia Recht
»Der Herzschlag Connemaras: Kastanienrot«

Als Projektleiter John Palfrey aus London ins hinterste Irland geschickt wird, um einer Zuchtstation für Wildponys auf den Zahn zu fühlen, kann der karrierebewusste Schreibtischhengst seinen Widerwillen gegen Land und Leute nicht verbergen. Doch gerade die scheinbar hinterwäldlerische Langsamkeit der Einheimischen verändert seinen Blick auf sich und sein bisheriges Leben. Der Herzschlag Connemaras öffnet ihm das seine für das Land und für eine schöne Frau. Als er jedoch aus London erfährt, dass die Station geschlossen wird, droht er alles wieder zu verlieren, was er unverhofft gefunden hatte.

ISBN: 978-3-9816987-1-8 Preis: 6,95 €

»Die Geschichte schafft es, den Leser dahinschmelzen zu lassen.«
Bücherblog »KathrinsBookLove«

»Diese tiefgründige Erzählung übt einen wahren Sog aus.«
Bücherblog »Magische Momente«

»Herzerwärmend und mit viel Gefühl gespickt!«
Kitty's Bücherblog

»Besser kann man das Lebensgefühl der Iren nicht darstellen.«
Binchens Bücherblog

Tanja Bern
»Distant Shore – Sterne der See«

Ben verliert seine Schwester Kristin an den Krebs. Vor ihrem Tod hatte sie für ihn einen Urlaub in ihrem geliebten Irland gebucht, weil sie ahnte, dass Ben dort zu sich selbst finden könne. Obwohl er keinen Bezug zu Irland hat, lässt er sich darauf ein und fährt nach Kerry. Dort begegnet er der Irin Hanna, zu der er sich sofort hingezogen fühlt. Aber sie verbirgt ein Geheimnis und hält Ben einerseits etwas auf Abstand, sucht aber andererseits auch seine Nähe. Ben verliebt sich in dieses wildromantische Land und verliert an Hanna sein Herz. Dann wird sie plötzlich vermisst, und Ben setzt alles daran sie zu finden.

ISBN: 978-3-9816987-4-9 Preis: 6,95 €

»Ich verfolgte das Geschehen mit Herzklopfen«
Bücherblog »BuchZeiten«

»Eine mitreißende Romanze. Sehnsucht mit jeder Zeile«
Bücherblog »Literaturdinge«

»Ich konnte es nicht mehr aus der Hand legen.«
Melli's Bücherblog

»Es ist eines jener Bücher, die man genießt und an die man am nächsten Tag noch denkt«
Bücherblog »Fairy-book«

THOMAS DELLENBUSCH
Liebe
ist kein
Gefühl
ERZÄHLUNG

MEIN KOPFKINO

Thomas Dellenbusch
»Liebe ist kein Gefühl«

Nina will ihren 39. Geburtstag nicht feiern. Stattdessen lässt sie sich ohne Plan oder Ziel durch die Stadt treiben. Sie glaubt, dass da draußen etwas auf sie wartet. Ein Artikel in einer Zeitschrift, der die Liebe aus einem unerwarteten Blickwinkel heraus betrachtet, weckt ihre Neugierde. Das Titelbild zeigt den Verfasser, und sie erkennt etwas an ihm, das sie dazu verleitet, diesen Mann finden zu wollen. Es wird ein Trip, der sie weit weg führen wird. In den hohen Norden Irlands.

ISBN: 978-3-9816987-5-6 Preis: 6,95 €

»Diese Geschichte gibt uns den Glauben an die Liebe zurück.«
Bücherblog »Magische Momente«

»Selten habe ich solche Zeilen gelesen. Ein wahrer Schatz!«
Ka-Sa's Buchfinder

»Werde ich so schnell nicht mehr vergessen.«
Line's Bücherwelt

»Ein absolutes Must-Have!«
Das Lesesofa

»Mein Buch des Jahres«
Bücherblog »BooksinmyWorld«

Im KopfKino-Verlag sind bisher erschienen:

Thomas Dellenbusch

Der Matrjoschka Code

Das Testament

Der Nobelpreis

Der Weichensteller

Verstecktes Herz

Liebe ist kein Gefühl

Chase – Jagd auf die stumme Dichterin

Lilly M. Daniel

Auch die gute Hoffnung stirbt zuletzt

Pia Recht

Der Herzschlag Connemaras: Kastanienrot

Der Herzschlag Connemaras: Deccys Vermächtnis

Tanja Bern

Distant Shore: Sterne der See

Distant Shore: Gold der Dünen

Annika Dick

Lovely Skye: Ein Sommer in Balnodren

Lovely Skye: Ein Herbst in Balnodren

Alle Geschichten sind auch als
eBook oder Hörbuch erhältlich

Ausführliche Lese- und Hörproben finden Sie auf
MeinKopfKino.de

Pia Recht wurde 1966 in Düsseldorf geboren. Die gelernte Einzelhandelskauffrau arbeitet inzwischen als Projektassistentin einer internationalen Firma für klinische Forschung. Als Autorin konzentriert sie sich auf irische Geschichten, schreibt aber auch Liebesromane, Science-Fiction, Fantasy, Krimis, Tier- und Kindergeschichten. 2013 ist sie nach Mettmann aufs Land gezogen und lebt in einem kleinen Haus auf einem Reiterhof mit eigenem Pferd. Sie verbringt jeden Urlaub in Irland.

Pia Recht im KopfKino-Verlag:
»Der Herzschlag Connemaras: Kastanienrot«
»Der Herzschlag Connemaras: Deccys Vermächtnis«
»Der Herzschlag Connemaras: Zwei Herzen« (Nov. 2016)

Sonstige Veröffentlichungen:

Maeves Grab, 3 Sorley O Cearnaigh Romane, 2014
Leben im Angesicht des Todes, Anthologie 2013
Der Sattelbote, Anthologie Exlibris Verlag 2012
Wintermärchen, Anthologie Sperling-Verlag 2012
Silvermoon, Anthologie Bächthold Verlag 2012
Silvermoon, Wolf der Taiga, Anthologie 2010

www.ingramcontent.com/pod-product-compliance
Lightning Source LLC
LaVergne TN
LVHW101947220826
846093LV00006B/133

* 9 7 8 3 9 8 1 7 9 6 7 0 4 *